講談社文庫

ダーク・アワーズ(下)

マイクル・コナリー｜古沢嘉通 訳

講談社

目次

ダーク・アワーズ(下)

ダーク・アワーズ（下）

●主な登場人物〈ダーク・アワーズ　下巻〉

レネイ・バラード　ロス市警ハリウッド分署深夜勤務担当刑事

ハリー・ボッシュ　元ロス市警敏腕刑事。私立探偵

リサ・ムーア　ハリウッド分署性犯罪課刑事

ハビエル・ラファ　自動車修理店主

デレク（ダッシュ）・ロビンスン〟レノルズ　警部補。バラードの上司

リック・ダヴェンポート　巡査部長

ウンベルト・ビエラ　ラス・パルマス13団構成員

シンシア（シンディ）・カーペンター　コーヒーショップ店長

カール・シェーファー　街灯整備局作業場監督官

ロス・ベタニー　ウェスト方面隊殺人課刑事

ジェラルド・サンダースン　警察官による武力行使調査課警部

ギャレット・シングル　救急救命士

アルバート・リー　ボッシュが担当した殺人事件被害者

デニス・ホイル　歯科医

ジェイスン・アボット　歯科医

マシュー（マット）・ノイマイアー　性犯罪課刑事。ムーアの上司

23

最後のカーブを曲がると、サンセット大通りは、ビーチへ下っていった。バラードは休業中の観光客向けレストランに併設された広大な駐車場を見た。駐車場には一台の車だけ停《と》まっており、それは警察車両の角張ったラインをしたものではなかった。バラードはギャング対策の仕事でダヴェンポートがどのような覆面車両を運転していそうなのか確認するのを忘れていた。信号が変わるのを待ちながら、バラードはダヴェンポートに電話をかけた。

「もうついてる？」

「われわれはここで待ってる。遅刻だぞ」

「どういう車を運転してるの？　もうすぐ到着する」

「はっきりわかる、バラード。駐車場に停まっているのはわれわれの車だけだ。ここに来てくれればいい」

ダヴェンポートは電話を切った。バラードは信号機の輝く赤い光を見た。ボッシュのせいでビビっているのを認めざるをえなかった。角にあるガソリンスタンドとその向こうにあるスーパーマーケットの駐車場を確認したが、ボッシュの古いチェロキーは見当たらなかった。自宅からここまでそんなに早く到着できるはずがない。

信号が青に変わり、バラードは駐車場を斜めに進んだ。営業時間後であることから、駐車券ディスペンサーのアームは上がっていた。バラードは駐車場の中央に停まっている車に向かって、ヘッドライトが運転席側の窓に当たる角度で進んだ。近づいていくと、ステアリングホイールをまえにしているダヴェンポートがわかった。するとバラードはループを描くように車をターンさせ、前部座席の助手席に座っている人間を見た。バラードは窓越しに話ができるよう、車を相手の車に横付けし、トランスミッションをパーキングに入れた。エンジンを切るまえにバラードはミニレコーダーを取りだし、電源を入れ、録音をはじめさせた。それをサイドのエアコン空気穴に滑りこませた。情報提供者からは見えないだろうが、言葉を漏らすことなく捉えられるはずだった。それから、ローヴァーを手に取り、通信センターに現在地を伝えた。なにかまずい事態が起こった場合、自分の最後の位置を記録しておくために。

バラードは車窓を下げ、エンジンを切った。

ダヴェンポートの覆面車両のなか、一メートル弱の距離に座っている女性はラテン系で、おそらくは四十歳くらいだった。目元に強めの化粧をほどこし、長い茶色の髪をして、ブラウスはハイカラーになっていた。タトゥを隠そうとしているためか、タトゥを取り除いて残った傷跡を隠そうとしているためだろう。

ダヴェンポートが同乗者越しにバラードを見ようとして、身を乗りだした。

「いまのスパイ小説じみた行動はなんだ、バラード？　それにこの件を連絡したのか？　ふざけてるのか？」

「ロビンスン＝レノルズがそうしろと言ったのよ」

「そもそもこの件をあいつに話すべきではなかった」

「話さなきゃならなかったの。わたしを分署から四十分も離れさせるんだから、だれかに話をしないといけなかった。到着したら、通信センターに伝えるようにと言われた――」

「ああ、そうだな、あいつはいけすかないやつだ。あと二十分しかないぞ、バラード。質問しろ」

バラードは女性を見た。かたわらでダヴェンポートが怒鳴ったせいで、心を乱しているようだった。

「オーケイ、あなたの名前は？」バラードが訊《き》いた。

「名前はなしだ！」ダヴェンポートが叫んだ。「なんてこった、バラード、言っただろ。名前は。なしだ」

「わかった、わかった。じゃあ、あなたをどう呼んだらいい？」バラードは訊いた。

「わたしはこれを会話のかたちにしたいの。話をする相手の名前があればありがたいんだけど」

「匿名を意味するジェーン・ドゥでいいんじゃないか？」ダヴェンポートが叫んだ。

ダヴェンポートはジェーンと言うところを、スペイン語風にハネと発音した。

「わかった、気にしないで」バラードは言った。「あなたとラス・パルマス13団との関係からはじめましょう」

「あたしの婚約者が——少なくともあたしが婚約者だと思っていた男が——あたしがいっしょにいたときリーダーだったの」女性は言った。「銃撃を指示する人間《ショット・コーラー》」

「で、あなたはその時期、内部情報提供者だった」

「ええ、そうだった」

「なぜ？」

女性は躊躇《ちゅうちょ》も訛《なま》りの痕跡もなく話していた。自分が送っていたへたすれば命の危険性がある二重生活のことを平然と話した。

「あいつはあたしのまわりで浮気をしまくりだしたの。ほかの女の子とデートに出かけて。ギャングの売春婦たちと。だれもあたしにそんな仕打ちをしていいわけがない」

「で、あなたは彼の元を離れず、情報提供者になった」

「そのとおり。それに報酬ももらった。あたしの情報は価値が高かった」

女性は確認を得ようとしているかのようにダヴェンポートのほうに視線を投げた。ダヴェンポートはなにも言わなかった。彼女が話している婚約者というのは、ウンベルト・ビエラだろうな、とバラードは推察した。ペリカン・ベイにいってしまい、けっして戻ってこないだろうとダヴェンポートが言っていた男だ。蔑まれた女性の恐ろしさを警告する生きた具体例とバラードは話をしていた。蔑まれた女の怒りのごとき激しい怒りは、地獄にもない。

「あと十五分」ダヴェンポートが親切めかして声を張り上げた。

「あなたはおよそ十四年まえにロス市警の連絡相手《ハンドラー》に、ハビエル・ラファが金を払ってラス・パルマスから抜けたと話している」バラードは言った。「ラファはウンベルト・ビエラに二万五千ドル払った。そのことを覚えてる？」

「覚えてるわ」女性は言った。

「当時、そんな情報をどうして手に入れたの？」

「あたしはその金を見た。彼が運んでくるのを見たんだ」

現金のやり取りを見たというのは、ビエラが彼女の婚約者であり、彼がペリカン・ベイに服役しているのは彼女の復讐《ふくしゅう》の一部であることがさらに確認されたようだった。

「どうやってその取引が成り立ったの？」バラードは訊いた。「ラファがたんにその申し出をしたの？」

「交渉がおこなわれたの」情報提供者は言った。「ラファは足を洗いたがっていたけど、それにはひとつしか方法がないとわかっていた──棺桶《かんおけ》のなかに入るしか。だけど、あたしの男は貪欲だった。ギャングよりも自分自身のことをつねに考えていた。あたしのことよりもね。あいつはラファに金を払えば足を洗えると告げた。その金額を定め、ラファにそれを手に入れられるよう手を貸した」

「車の部品の故買《チョッピング・カー》？」

「いえ、ラファはすでにそれをやっていた。それがラファの仕事だった。ギャングたちにエル・チョポと呼ばれてさえいた。ジョークのように」

「で、彼はどこでその金を手に入れたの？」

「金を借りるしかなかった」

「ギャングから足を洗うための借金をどこでしたの？」

「ある男がいたんだ。みんなそいつを知っていた。バンケロ・カジェーロ。ラファはそいつのところにいった」

「貸金業者《ストリート・バンカー》」

「そう、ラファはそいつから金を手に入れた。バンケロは金を融通してくれる連中を知っていた。融資したがっている連中を」

「そのバンケロの名前を知ってる？　それか何者なのかを？」

「そいつは警官だと聞いた」

ダヴェンポートがドアを勢いよくあけ、車の前部をまわりこんで、バラードの窓に来た。

「なにをするつもり？」バラードは言った。

ダヴェンポートの腕が伸びてきて、バラードはうしろに身をかわした。彼は車のなかに手を伸ばし、イグニションから彼女のキーを引っこ抜いた。

「そこまでだ」ダヴェンポートは言った。「これ以上はない」

「なにを言ってるの、ダヴェンポート？」バラードは言った。「これは捜査なのよ」

「おれはこの件に警官を巻きこむ約束はしていない。おれの当直のあいだにそんなことをさせるものか」

「キーを寄こしなさい」

ダヴェンポートは自分の車にまわりこみ、あけたドアに戻ろうとしていた。

「おまえが見つけられっこない場所に彼女を送り届けてから返してやる」

「ダヴェンポート、キーを寄こしなさい。こんなことをしたら懲戒免職の告発をしてやるわ――」

「ファック・ユー、バラード。こちらこそやり返してやる。どちらを信じるか確かめてやる。おまえは一回告発されそこなった前科があるからな」

ダヴェンポートは車に飛び乗り、ドアを叩《たた》き閉めた。バラードは女性に意識を集中させた。

「その警官はだれだったの？」バラードは訊いた。

「答えるんじゃない」ダヴェンポートは叫んだ。

ダヴェンポートは左下を見た。助手席の窓が上がりはじめた。

「だれだったの？」バラードがもう一度訊いた。

ダヴェンポートは車を発進させた。情報提供者は窓が閉まっていくあいだただじっとバラードを見つめていた。車が走りだし、駐車場を猛スピードで横切って出口に向かった。

「畜生！」バラードは叫んだ。「クソ！」

するとバラードの携帯電話が鳴りはじめ、画面にボッシュの名前が浮かび上がった。

「ハリー！」

「なにがあった？」

「あとで話す。いまどこにいるの？　あいつらが見える？」

「もう一台の車のことか？　ああ、いま信号を通り抜けて、マリブ方面にＰＣＨを上りはじめた」

「追える？　あいつはわたしのキーを摑《つか》んで、わたしの足を奪った。彼女を自宅に送り届けるつもり。わたしは彼女がだれなのか、どこに住んでいるのか知らないの」

「いまから追う」

バラードはボッシュが車のエンジンをかけ、発進させるのと同時に、携帯電話が音を立てて中央コンソールに放りこまれるのを聞いた。バラードは車から飛び降り、パシフィック《P》・コースト《C》・ハイウェイ《H》沿いの商業施設や駐車場に目を走らせた。四角いジープ・チェロキーがスーパーマーケットの駐車場から出てきて、ＰＣＨに向かい、サンセット大通りの信号を通り抜けてマリブ方面に向かうのが見えた。

「見失わないで、ハリー」バラードは声に出して言った。

24

ダヴェンポートは四十分近く戻ってこなかった。ダヴェンポートの車が駐車場を横切って近づいてくるのをバラードは腕組みをして自分の車の側面に寄りかかって見ていた。ダヴェンポートが車窓から腕を出すと、その手にはバラードの車のキーがぶら下がっていた。留《とど》まるつもりはないのだ。彼はウインドシールド越しにまえを向いたまま話した。

「やらなきゃならなかったんだ、バラード」

バラードはダヴェンポートの手からキーを掴んだ。

「なぜ？」

「なぜなら、おれたちは沈みかけているからだ、バラード。またあらたな警官をあらたなスキャンダルに巻きこむわけにはいかん。それがわからんのか？」

「ええ、ダヴェンポート、わからないな。あなたが守ろうとしている警官はだれ？」

今度はダヴェンポートはバラードのほうを向いた。

「知らん。彼女に訊かなかった。なぜなら知りたくないからだ。おれが守ろうとしているのは市警だ、バラード、警官じゃない。だから、おれを告発すればおまえを告発する。おまえは負けるだろう。市警がつねに最初に来る。市警はつねに勝つ。それを考えろ」

ダヴェンポートはアクセルを踏みこみ、車は発進した。バラードはひるんだり、動いたりしなかった。大きくターンしてゲートに向かう車を目で追ってから、バラードは携帯電話を取りだして、ボッシュにかけた。

「ハリー、彼女の居場所を摑んだ？」

「彼女はPCH沿いの家にいる。トパンガ・キャニオンの信号を過ぎた水際の家だ。なにがあった？　あいつはきみのキーを返したか？」

「手に入れた。住所を教えて、そっちへいく」

十五分後、バラードはパシフィック・コースト・ハイウェイの横手に車を寄せ、ボッシュのジープのうしろに停めた。車を降り、歩いていき、ジープの助手席に腰を滑りこませた。

「丸窓のある家だ」ボッシュは言った。

ボッシュは通りの向かいを指さした。道路には岩と砂と水の上に片持ち梁《ばり》で建っている家が並んでいた。まるで口のなかの歯のようにギュッと隣り合っていた。あまりに接近していて、背後から響いてくる波音を除くと、家並みが海沿いにあるのがわからないほどだった。ボッシュが指さした家は二階建てで、車一台分のカーポートがあった。白い縁取りのある灰色の木の家で、二階には二枚の丸窓があった。こちらから見えているのは家の裏側なんだろう、とバラードは思った。向こう側には大海原を眺めるガラスが入っているのだろう。

「あの家に連中は車を停めた」ボッシュは言った。「ダヴェンポートが女性をなかに連れていき、二、三分留まって、すぐに出ていった。なにが起こっているんだ、レネイ？」

「彼女は高利貸しの名前を言いそうだったの」バラードは言った。「彼女はそいつのことをストリート・バンカーと呼び、そいつが警官だと言った。すると、ダヴェンポートが割りこんできて、話を止《や》めさせた。自分が市警を守ろうとしているかのように立派にふるまった。だけど、わたしはそれを信じない。彼女はダヴェンポートのすでに知っているなにかを暴露しようとしていたんだと思う」

「ダヴェンポートは悪事に手を染めて《ダーティーな》いるのか？」

「汚れてる《ダーティー》の線引きはどこにあると思う？　少なくともダヴェンポートは市警に被害をもたらす可能性のあるなにかを知っているんじゃないかな。あの男の判断は、それを一掃するのではなく、それをごまかそうとするものよ。もしそれがダーティーというなら、ええ、彼はダーティーだわ。だけど、それがなんであれ、彼女がそれを漏らそうとするとはダヴェンポートは思っていなかった。さもなきゃ、こんな会合を設定しなかったでしょう」

「筋は通ってる。で、きみはどうしたい？」

「ストリート・バンカーの名前が知りたい」

「じゃあ、それを手に入れにいこう」

日曜日の夜であり、マリブは祝日の週末の終わりで空っぽになっていた。ほとんど車は通っておらず、暗闇のなか、四車線のＰＣＨを歩いて横断するのはバラードとボッシュにとって危なくなかった。情報提供者が住んでいると思《おぼ》しき家の玄関ドアは、カーポートのそばにあり、そこに停められているポルシェ・パナメーラの運転席側と近かった。バラードは、家の向こう側で砕け散る波音に負けないよう、拳の側面でドアを強くノックした。

もう一度叩くまえにドアはひらいた。そこにはひとりの男が立っていた。男は六十代で、白人、若く見せるためのありがちな装いをしていた――イヤリング、ブレスレット、染めた髪、あごひげ、ほつれたブルージーンズ、灰色のフーディー。それらはすべてポルシェと適合していた。

「はい？」男は言った。

バラードは男性にバッジを示した。

「半時間まえにここで車を降りた女性に会いにきました」バラードは言った。「たぶんあなたの奥さんだと思います」

「なんの話をしているのかわからんね」男は言った。「真夜中だし、非常識だ――」

男の発言はだれが来たのか見ようとして彼の背後にやってきた情報提供者によって遮られた。

「あんた」女性は言った。「なにが狙い？」

「わたしの狙いはわかってるでしょ」バラードは言った。「名前を知りたい」

バラードは一歩まえに進み、威圧的なその物腰で男を退《ひ》かせた。退きつつも、男は抗議した。

「ちょっと待ってくれ」男は言った。「こんなことはでき――」

「こちらはあなたの奥さんですか？」バラードは訊いた。

は言った。

「では、この会話を警察署でおこないたいのでなければ、下がって下さい」バラード

「そのとおりだ」男は言った。

バラードは情報提供者をまっすぐ見た。

「あなたはそんなことを望んでいないでしょ?」バラードは言った。「むかし住んでいた地域に戻るのは。分署の裏口から入ったとき、逮捕者拘束用ベンチにラス・パルマスのだれかが座っているかどうか、知りようがない」

「ジーン」情報提供者は言った。「ふたりをなかに通して。この人たちに応対するのが早ければ早いほど、早く帰ってくれるから。デッキに出ていて」

「賢明ね」バラードは言った。

「あそこは寒いよ」ジーンが言った。

「いってってば」情報提供者は命じた。「長くはかからない」

「まったく」ジーンは抗議した。「この手のことは終わったと言ってたくせに」

男性はゆっくりとした足取りでデッキに通じる引き戸に向かった。デッキの向こうでは、青黒い波が家の下に設置されたスポットライトに美しく照らされていた。情報提供者はジーンがデッキに出て、引き戸を閉じ、大海原の音が小さくなるまで、口を

ひらくのを待っていた。

「こういうのは気に入らない」彼女は言った。「ダヴェンポートはもうあんたに話すなとあたしに言ってた。それにあんたは何者？」

後半の発言はボッシュに向けたものだった。

「この人はわたしといっしょにいる人」バラードは言った。「あなたが知っておく必要があるのはそれだけ。それから、ダヴェンポートがあなたになにを言ったのかと か、あなたがこの状況を好きかどうかなんて、わたしにはどうでもいい。あなたはわたしにそのバンカーのことを話すか、さもなきゃジーンのお金でも助けられないたぐいのトラブルに巻きこまれるかのどちらか」

「あたしはなんの法律も破ってない」情報提供者は言った。

「州の法律もあれば、ギャングの法律もある」バラードは言った。「ペリカン・ベイにいるウンベルト・ビエラは、あなたが無実だと考えていると思う？　この十年、あなたの居場所を彼が知りたがっていないと思う？」

バラードはその脅しが情報提供者の鎧《よろい》を貫いたのを見て取った。バラードの推定は正しかった。ビエラが女たらしの婚約者であり、彼はいまや残りの人生を、最大限のセキュリティに守られて、だれが自分を不当な目に遭わせたのか考えるのに費やしていた。

「そこに座りなさい」ボッシュはカウチを指さした。「さあ」

ボッシュも状況を読んでいた。情報提供者はしたたかな元ギャング・ガールから、囲われ者になってしまっており、裕福な年輩男性との注意深く築いた秩序正しい生活が突然変わりうることを怖《おそ》れていた。

彼女は言われたとおりにし、カウチに向かった。バラードは竹で編んだコーヒーテーブルをあいだに挟んで、回転椅子に座り、引き戸の向こうの景色を眺める角度になっていたのを、情報提供者を眺める角度に向き直った。ボッシュは引き戸に歩いていき、ガラス越しにこちらを見ようとしていたジーンに背を向けて立ったままでいた。

「あなたの名前はなに？」バラードは訊いた。

「あんたに名前を教えるつもりはない」情報提供者は言った。

怒りが顔一面に浮かんでいた。

「あなたに呼びかける名称が要るんだ」バラードは食い下がった。

「じゃあ、ダーラと呼んで」女性は言った。「むかしからその名前が好きなんだ」

「オーケイ、ダーラ、ストリート・バンカーについて話して。彼は何者なの？」

「あたしが知っているのは、彼は警官で、名前はボナーということだけ。それだけ。

一度も会ったことがない。どんな様子をしているのか知らない。お願い、もう出てって」

「どんな種類の警官？」

「わからない」

「ロス市警？　保安官事務所？」

「わからないと言ったでしょ」

「彼のファーストネームはなに？」

「それも知らない。知ってたら話した」

「どうして彼が警官だと知ってるの？　どうしてラストネームを知ったの？」

「ベルトから聞いた。彼がその男の話をしていたんだ」

「ウンベルトが、その男がストリート・バンカーだと言ったの？」

「その男がラファのために金を手に入れることができる人間だと言ったの。ベルトがラファに話した。あたしはその場に居合わせた」

「その場とは？」

「あたしたちはラファの父親の店に車で向かった。その店は表で車の修理をし、裏で故買用に車をバラしていた。ラファがあたしたちの車のところにやってきて、ベルトがラファに話した。連絡するための電話番号をベルトはラファに渡した。それから、ボナーは警官だ、とエル・チョポに警告したの。この男と付き合うのは、注意しなければいけないぞ、とベルトはラファに言った。なぜなら、相手は警官であり、冗談の通じない人間だからな、と」

「それはどういう意味、シリアスな人間とは？」

「わかってるでしょ、逆らっちゃいけない人間、みたいな意味。そんなことをすれば大変なことになる」

「彼が殺し屋という意味だった？」

「わからない。彼がシリアスだという意味だった」

「オーケイ。ほかにボナーの名前が出たことはあった？」

「ええ、ラファがお金をウンベルトのところに持ってきたとき。ボナーがある医者からこの金を手に入れてくれて、自分は書類やなにかにサインしなければならなかった、とラファは言ったの」

「どんな種類の医者だった？」

「その部分は聞こえなかったか、それについて話されていなかった。たんに医者としか覚えていない」

「ロス市警のあなたのハンドラーにこの話を一度もしなかったのは、なぜ？　バンカーが警察官であることを」

「なぜならあたしがバカじゃないからよ」

「それはどういう意味？」

「ひとつには、なにかあったら、ベルトには情報の出所があたしだとわかるから。だってそもそもベルトがあたしにボナーのことを言ったんだから。次に、警官のことを警官にチクっちゃならない。それはたんなる愚かなこと。気がついたら、だれかが自分のことを自分の身内にチクってる。あたしがなにを言ってるのかわかるでしょ？」

「わかるわ。そもそもどうやってベルトはボナーと会ったのかしら？」

「そこはわからない。なんらかのかたちでふたりはつるんでいた。わたしが絵のなかに出てくるまえにふたりは知り合いだった」

そこが重要なつながりになるとバラードはわかった。

「それはいつだったの？」バラードは訊いた。「あなたが絵のなかに入ったのは？」

「あたしとベルトはあたしが十七歳のとき知り合った」ダーラは言った。「それは二〇〇四年だった。そこからあたしたちは六年間、いっしょだった」

バラードはダーラと彼女のたどった道にそれなりの敬意を抱いた。イースト・ハリウッドから出て、ビーチにたどりつくのは、ありそうにない旅だった。ダーラはそこにそれなりの誇りを抱いているのがバラードには見てとれた。そこにたどりつくのに利用した男たちの選択に問題があろうとも。

「ベルトとボナーのあいだにほかの取引があったかどうか、知ってる？」バラードは訊いた。「つまり、ラファとの取引以外に」

「ええ、ふたりは商売をしていた」ダーラは言った。「だれかが大金を必要とすると、ふたりが出てきて、なんというか、話をした。ほかにも取引があったと思う」

バラードは自分が訊きそこねている質問があるかどうか確かめようとボッシュを見た。ボッシュはうなずいた。

「どうやってベルトとボナーは連絡を取っていたんだ？」ボッシュが訊いた。

「たいていは電話で」ダーラは言った。「会うこともときどきあった」

「どこで？」

「知らない」

ダーラは顔を背けて答えた。この会話のなかで、真実を述べていないことを示す兆候をバラードが目にしたのはそれがはじめてだった。バラードがボッシュをチラッと見ると、ボッシュはかすかにうなずいた。ボッシュもそれを目にしていたのだ。

「ほんとに？」バラードは訊いた。

「ええ、ほんとよ」ダーラは言った。「あたしがしょっちゅうベルトに彼の商売について訊いていたと思う？　そんなことをしたら殺されていたわ」

ダーラは反駁《はんばく》しながらまた顔を背けた。バラードはダーラがなにか隠しているのを知った。それをどうやったら引きだせるか考え、この会話のなかでなにをダーラは気にしているのだろう、と検討した。すると、おそらくこれだろうというものが思い浮かんだ。

「ねえ、ダーラ、話してちょうだい」

「もう話したじゃない。あたしは知らない」

「あなたはボナーを見たんでしょ？」

「言ったでしょ、見てないと」

「あなたは彼のあとをつけたんだ。ウンベルトの。彼が女の子に会いにいくと思って尾行したら、会いにいったのはボナーだった。あなたはいっしょにいるふたりを見たのね」

ダーラはバラードの大胆な推量にショックを受けたかのようにカウチの上で愕然《がくぜん》とした。

「どこでふたりは会ってたの？」バラードは問い詰めた。「それは重要なことなの、ダーラ」

ダーラは、あたかも『なぜ放《ほ》っといてくれないの？　ほかの情報は全部手に入れたでしょうに』と言わんばかりに片手を空中に投げだした。

「ふたりはチキンがとてもおいしいフランクリン・アヴェニューのあの店にいったわ」

バラードはボッシュに目をやった。

「〈バーズ〉？」バラードは訊いた。

警官に割引きをしてくれる店。

「ええ、そこだった」ダーラは言った。「ふたりを見て、あたしは回れ右をして、立ち去った」

「ボナーはどんな様子の男だった？」バラードは訊いた。

「わからない。白人。白人男性だった」

「髪の毛の色は？」

「頭を剃《そ》り上《あ》げていた。自分のことをヴィン・ディーゼルと思っているみたいに」

バラードは、ガブリエル・ラファが話したフーディーを着ていた男の特徴について考えた。

「ボナーは制服を着ていた？」バラードは訊いた。

ダーラは笑い声を上げた。

「うん、ギャング幹部のベルト・ビエラが制服を着た警官とランチを食べていたよ」

「わかった、制服は着ていなかったのね。ほかになにを覚えてる、ダーラ？」

「それだけ。それ以上はない」

「ほんと？　ふたりを見かけたのはそのときだけ？」

「一回だけ」

バラードはうなずいた。当面、十分な情報を得た。そして、必要であれば、ダーラを見つけられる場所もわかった。バラードはボッシュを見た。ボッシュはうなずいた。彼もここでの用事は済んだと思っているようだ。この聴取の最後を飾るように、ジーンがデッキ側からガラスを叩き、両手を広げた。

凍えていて、なかに入りたがっているのだ。

バラードはなかに入るようジーンに手を振って合図してから、ダーラを見た。

「ありがとう……ダーラ」バラードは言った。「とても役に立つ情報が手に入った」

「あたしに金を払ってくれるの？」ダーラは言った。「ギャング対策の連中はいつも払ってくれたよ」

「われわれがそれをしたら、あなたにまたあらたな内通者の上着を着せなければならない。あなたがそれを望んでいるとは思わない」

ダーラはジーンがガラスの戸から入ってくるのを見た。砕ける波の大きな音がいっしょにやってきた。

「ええ、そのつもりはない」ダーラは言った。

バラードは幸せそうなカップルに礼を告げ、ボッシュとともに外に出た。車は通っておらず、ふたりはPCHをゆっくり歩いて横断した。

「あの大胆な推量はみごとだった」ボッシュは言った。「浮気相手に会おうとしているのを確かめるため、彼女が恋人を尾行していたという推量は」

「ありがと」バラードは言った。「たんにふと思いついたの」

ふたりはそれぞれの車のあいだに立った。

「これからどうする?」ボッシュは訊いた。

「ボナーを調べてみる」バラードは言った。「そこからどうなるか確かめてみましょう。彼女の描写は被害者の息子から聞いた新年のパーティーに来ていた白人男性のそれと一致している。フーディーを着た禿頭《とくとう》の男」

「彼女の話でしっくりこないところがひとつある」

「なに？」

「もしバンカーが――ボナーが――警官だとしたら、ウンベルトは終身刑を免れる交渉になぜそれを使わなかったんだろう？」

バラードはうなずいた。いい指摘だ。

「ひょっとしたら、交渉しようとしたけど、応じる相手がいなかったのかもしれない」バラードは言った。「あるいは、このボナーという男は、とても冗談《シリアス》が通じない人間なので、ウンベルトが怖れていたのかも。ボナーが警官でいるという意味は、刑務所にいる自分に手を伸ばせる、ということだと考えたのかもしれない」

「可能性はたくさんある」

「つねにね」

「なにか手に入ったら教えてくれ。必要ならいつでも駆けつける」

「ありがと、ハリー。それから今夜あそこに来てくれてありがとう。もしダヴェンポートがある意味、歪《ゆが》んでいるとあなたが思わなかったら、ここまでたどりつけなかったでしょう」

「だったら、今夜おれたちはふたりともいい推量をしてみせたんだ」

「すばらしいチームね。ハイタッチしよう」

バラードは手を上げた。

「Covidのあいだはそういうことをしないことになってる」ボッシュは言った。

「ちょっと、ハリー」バラードはせかした。「あなたはできるんだって」

ボッシュは手を伸ばし、気乗りしない感じでバラードの手を叩いた。

「さあ、捜査を進めなきゃ」バラードは言った。

25

当直オフィスでリヴェラ警部補に分署に戻ってきたことを報告したのち、バラードは刑事部屋にいき、ボナーの正体を確かめようとした。市警の現役警察官のリストは、市警内ウェブサイトで容易にアクセス可能だった。現役のボナーは二名おり、ひとりは女性のアン＝マリイで、もうひとりは男性のホレイショ・ジュニアだったが、ふたりともハビエル・ラファがラス・パルマス13団から足を洗ったときには市警に入っていなかった。せいぜいのところ、このふたりは、バラードがさがしているボナーの次世代の人間である可能性があった。だが、ふたりに訊いてみるのは、選択肢にながった。父親なり、おじなり、だれであれ、その相手にふたりは忠誠を誓っているかもしれない。バラードがボナーにたどりつけないうちにバラードがさがしていることを本人に警告しかねなかった。

どの分署にもいわゆる年金台帳と呼ばれているものがあった。年金を受給している引退した警察官の名簿を入れたバインダーで、年々更新されていた――つまり、名簿に載った彼らはまだ存命だということだ。死亡した警察官は足跡をたどるのが困難極まりなかった。年金台帳のリストには、元警察官の連絡先の詳細と、バッジ番号、シリアルナンバー、採用から退任までの期間、引退直前の分署内の配属先まで記されていた。その台帳は、在職中の彼らの活動に関係して、捜査の過程で元警察官に連絡を取るために利用されていた。未解決事件の場合、とくに便利だった。

ハリウッド分署の年金台帳のコピーは、刑事を率いる警部補のオフィスに保管されていたが、ロビンスン＝レノルズが日曜日の夜にはオフであることから、現時点ではドアに鍵がかかっていた。ひるまず、バラードは、自分のファイル・キャビネットに置いているピッキングツール・セットを使って、簡単なロックの解錠にとりかかった。さがしていた白いバインダーは、警部補の机のうしろにある、さまざまな市警マニュアルを収めた棚にあった。これが不法侵入だと承知のうえで、バラードは入ってすぐ出る作戦をおこなった。警部補の机の上で台帳をひらき、アルファベット順のリストで急いでボナーをさがした。

ふたり見つかった――ホレイショ・ボナーは、二〇〇二年に引退しており、バラードがさがしているボナーではありえないが、おそらくは現在市警で雇われているボナー二名のうちのひとりの父親だと思われた。もうひとり、クリストファー・ボナーは、二十年勤めたのち、七年まえに引退していた。最後の階級と配属は、ハリウッド分署刑事部の一級刑事だった。これはバラードには奇妙に思えた。クリストファー・ボナーの名前を聞いたことがなかった。バラードはボナーが辞めた二年後にハリウッド分署に着任したが、それでもボナーの名前がついている事件をいままで見聞きした覚えがなかった。その謎に加えて、ボッシュもその名前に反応していなかったことが不思議だった。ふたりのハリウッド分署での在勤期間は重なっているように思えた。ボッシュがハリウッド分署を離れ、ダウンタウンの本部の未解決事件班に配属になったのが何年か、定かではなかったけれど。

台帳を机の上で広げてから、バラードは携帯電話を取りだし、クリストファー・ボナーの記載事項を写真に撮った。そうしているうちに、机の中央の作業エリアの横に黄色いポスト・イットのパッドがあるのに気づいた。いちばん上のシートにロビンスン゠レノルズは、「バラード」とだけ記し、ほかになにも書いていなかった。バラードになにかを告げるか、彼女からなにかを聞くかするために書かれた心覚えであるのは明白だった。あるいは、だれかほかの人間にバラードのことで話をするためのものかも。バラードはそれがなんなのか、想像がつかなかった。このメモを書くためロビンスン＝レノルズが最後にこのオフィスにいたのは、大晦日《おおみそか》の昼勤シフトだったからだ。いまバラードが巻きこまれていることのなにも、そのころには起きていなかった。進行中だった先の二件のミッドナイト・メンの事件捜査を別にすれば。バラードはその疑問をひとまず脇へ置き、ポケットに携帯電話を戻すと、年金台帳を棚の元の場所に戻した。バラードはオフィスを元どおりにして、外へ出て、ドアを施錠した。

借りた机でバラードはボナーに関する情報を携帯の写真から自分のコンピュータ画面に移した。ボナーはシミ・ヴァレーに住んでいた——少なくともそこに年金の小切手が送られていた——そこは、LA郊外のヴェンチュラ郡にある警官の安息地だった。ロス市警に在職中、そこに住むことができたくらい、十分LAに近かった。多くの警官が住んでいた。また、サンフェルナンド・ヴァレーにも近いことになる。そこは四人の歯科医の接点であるクラウン・ラボ社があるところだった。

バラードは立ち上がり、当直オフィスに戻った。リヴェエラ警部補が机に座っていて、カップケーキを手にしていた。そばのカウンターにはカップケーキが載っているトレイがあった。バラードが近づいていくと、リヴェエラは手にしているカップケーキでトレイを指し示した。

「市民の感謝の気持ちだ」リヴェラは言った。「ご自由に」

「こんにちでは、まずラボに調べさせるべきですよ」バラードは言った。「センナ配糖体をご存知ですか？」

「それはいったいなんだ？」

「下剤です。チョコ風味の下剤であるエクスラクスの有効成分です」

リヴェラは手のなかのチョコレートをまぶしたケーキをまじまじと見た。カップケーキを食べた連中がトイレに並んでいる映像が頭に浮かんだようだ。彼はすでにベーキングカップの紙をはがしていた。ためらいながら、カップケーキを机の上のナプキンに置いた。

「忠告ありがとう、バラード」リヴェラは言った。

「念のためです、警部補」バラードは言った。「ラボに連絡しましょうか？」

「なぜここに来たんだ、バラード？　西部戦線は異状なしだろ」

「わかってます。クリストファー・ボナーのことでお訊《たず》ねしたかったんです」

「ボナー？　彼がどうした？」

「彼を知ってますか？」

「もちろん。ここで働いていたやつだ」

「刑事としてここで働いていたそうですが」

「ああ、あいつはきみの仕事をしていた」

「なんです？」

「突然辞めたその日までレイトショーで働いていた」

バラードは偶然に衝撃をうけたが、ボナーの名前になじみがない理由がそれで説明できた。深夜勤務の刑事は、自分たちの事件を昼勤の刑事に引き継ぐのが普通だ。結果として、彼らは公式にはあまり多くの事件の責任者として記載されない。ボッシュがその名前を覚えていない理由もそれで説明がつくだろう。

「では、当時、警部補は彼のことをよく知っていたはずですね」バラードは言った。

「ああ、そうだろうな」リヴェラは言った。「きみとおなじように、あの男はわたしの下で働いていた」

バラードは実際にはだれが自分の上司なのかについて、リヴェラの発言をわざわざ訂正しなかった。

「いま『突然辞めた』と言いましたね」バラードは言った。「なにかあって彼は辞めたんですか？」

「わからん、バラード」リヴェラは言った。「たんに辞めただけだ。もうありとあらゆるくだらないことにうんざりだったんだろうな。深夜勤務で目にするものについて、わざわざきみに言う必要はないと思う」

「ええ、そうですね」

「なぜクリスのことを訊くんだ？」

「ああ、彼の名前が木曜の夜の殺人事件で浮上したんです。彼は、被害者家族を昔知っていたんです。それでたんに興味がわいた、それだけです」

バラードはその答えでリヴェラが疑いを抱かずに満足することを期待した。気をそらさせるため、バラードはカップケーキの載ったトレイに身をかがめた。アイシングに髪がかからないよう、うしろに押さえる。

「ほら」バラードは言った。「大丈夫のようですよ。ひとついただいてもいいですか？」

「ご自由に」リヴェラは言った。

バラードはヴァニラ風味のケーキ生地とアイシングのかかったものを手に取った。

「ありがとうございます」バラードは言った。「ヴァニラのなかになにかを隠すのは難しいでしょう」

バラードはドアに向かった。

「必要なら署内にいます」バラードは言った。

「連絡する」リヴェラは言った。

刑事部屋に戻ると、バラードは借りている机の下にある屑籠《くずかご》にカップケーキを捨てた。それから携帯電話を取りだし、まだ寝ていないことを期待して、ボッシュに電話をかけた。

「見つかったか？」ボッシュが訊いた。

「そう思う」バラードは言った。「それに聞いてちょうだい――彼はハリウッドでわたしの仕事をしていたの」

「どういう意味だ？　レイトショーの刑事だったのか？」

「そのとおり。彼はわたしがここに来る二年まえに引退している。あなたがここにいたときも勤めていたかもしれない」

「忘れてしまったんだろうな。その名前を覚えていない」

「たぶん出くわすこともなかったんじゃないかな。目にしなければ忘れてしまう」

「まだ地元にいるのか？」

「シミ・ヴァレー」

「なるほど、だとすれば、こちらの枠組みのなかにいるな。そいつが高利貸しのようだ。ワルサーP22を持っている男でもあるのか？」

「まだそこまでは調べられていない」

「どうやって取り組むつもりだ？」

「あすまでわたしにできることはあまりないな。でも、記録を調べることはできる。点と点をつなぐなにかがあるかどうか」

「いい考えだ」

「ええ、わたしにそれをさせて、あなたは少し眠ってちょうだい。なにか摑んだらシフトのあと午前中に連絡する。それまでにはまだこの事件を持っていられるかどうかもわかるでしょうし」

「よい狩りを」

　これは殺人事件担当刑事の締めくくりの挨拶だった。敬意の表明であり、バラードは市警のどこを見渡してもハリー・ボッシュほど尊敬に値する人間はいない、と思った。

　市警のデータベースに取り組むまえに、バラードは携帯電話を取りだし、メールをチェックしたところ、ワグズ・アンド・ウォークスからデイジーという女性がチワワ・ミックスのピントと会いたいという申請に返事を寄こしているのを知った。そのメッセージでは、ピントはまだ里親募集中であり、バラードに会えれば嬉《うれ》しい、とのことだった。

バラードはこの先なにがあるかわからないが、火曜日に犬に会いにいきたいと返事をした。火曜日はバラードの通常のオフの曜日だったことから、約束の時間を指定してくれれば、都合をつける、とデイジー宛のメールに記した。ピントに会えることになりとてもわくわくしている、と付け加えた。

バラードは携帯電話をかたわらに置き、机上の端末を使って、市警のデータベースに入った。まずもっとも大きな網からはじめた——報告書にボナーの名前とシリアルナンバーが出てくるすべての事件を洗いだす。

市警の情報は、九〇年代半ばまで遡ってデジタル化されていたので、ボナーの全キャリアはカバーされていた。検索エンジンは一分以上かけて、一万四千件以上のヒット結果を出した。ボナーが二十年間勤めていたことを考慮に入れると、その数は実際には少ない、とバラードは思った。自分が二十年に達するころには、関与した事件の数は、データベース上で倍以上になるだろうと推測した。

それだけの報告書を調べるのは、たとえ容易に却下できるものであっても、何日もかかるだろう。バラードはそれを数時間に縮める必要があった——少なくとも最初は。ノートパソコンに自分の時系列記録を呼びだし、ハビエル・ラファが金を払ってラス・パルマス・ギャングから足を洗ったという情報報告書の日付を確認した。二〇〇六年十月二十五日だった。つまり、ボナーはすでにその時期にショット・コーラーのウンベルト・ビエラとなんらかのかかわりがあったということだ。バラードはボナーの名前が出てくる報告書の検索をふたたびおこない、網を情報報告書の日付の前後三年ずつまで絞った。

今回はもっと短い時間で検索が終わり、コンピュータは、五千四百三件のヒットを叩きだした。それから二〇〇六年の基準日付の前後二年ずつに限って、三千五百四十四件まで絞った。

壁掛け時計を見上げると、午前三時近かった。バラードのシフトは午前六時に終わるが、ロビンスン＝レノルズが出勤するまで待つつもりだった。それは七時から八時のあいだだろうし、早くなるより遅くなりそうだった。そのあと、性犯罪チームのトップであるマット・ノイマイアーと会う計画にしていた。リサ・ムーアがサンタバーバラの滞在先から戻っていようといまいと関係なく。

バラードは運よく出動要請がかからなければ、そしてもしコンピュータを見すぎて目が潰れなければ、朝のミーティングの時刻までにすべての報告書に目を通すことができるだろう、と判断した。

バラードは報告書の見直し用にすばやい手順を立てて、作業に当たった。報告書の一枚目しか目を通さない。そこには被害者と――もし掴んでいれば――容疑者の名前、犯罪あるいは出動要請の種類しか書かれていなかった。それによって、軽罪や市民とのやりとりといったマイナーな報告書をすばやく除外できるだろう。もしなにか興味を惹《ひ》くものがあれば、さらに詳しく読むため、報告書全体をひらいて、ウンベルト・ビエラあるいはこれまでのところでラファ捜査で浮かび上がってきたほかの人間との関わりをさがせばいい。

日曜の夜で、街は静かだった。バラードの手を止めさせる出動要請はこなかった。一時間ごとに数分、立ち上がって、コンピュータ画面から目を離し、コーヒーをとりにいったり、刑事部屋の通路を歩きまわったりした。ある時点で、ひとりのパトロール警官が報告書を書くための机をさがしに入ってきたが、バラードはその警官がマスクをしていなかったので、部屋の反対側にある端末を使わせた。

二時間検索した結果、二〇〇六年十月二十五日の日付のある報告書までたどりついたが、なんら価値のあるものはなかった。逮捕や捜査、ラス・パルマス13団のメンバーの逮捕や捜査、付き合いに関して、ボナーに言及している報告書はなかった。それ自体が驚くべき事実だった。なぜなら深夜勤務の刑事として丸二年間過ごして、なんらかの形でラス・パルマスのギャングと一度もかかわりがないなんてバラードには信じがたかったからだ。それはボナーがギャング事件を避けていることをバラードに告げていた。ギャング犯罪になると意図的にあさっての方向を向いていたのでなかったとしても。

また、それは検索の枠を変える必要性があることも告げていた。次の二年間の記録を調べるのが時間の有効な使い方には思えなかった。その代わりに検索エンジンに戻り、二〇〇〇年から二〇〇四年の記録を調べて、ボナーの名前が出てくる三千百十三件の報告書を引っ張りだした。

それらの報告書で、ボナーはハリウッド分署のパトロール警官からはじまっていた。そののち、二〇〇二年初頭に刑事に昇進し、三直勤務に配属になっていた。その勤務時間帯は、駆けだし刑事の担当するものと考えられていた。いまでもそうだ。だが、バラードにとっては駆けだし用の配属ではなかった。バラードの暗闇の時間帯《ダーク・アワーズ》への配属は、ロス市警の数多くの害悪のひとつ——セクハラ——に抵抗したことへの処罰としてもたらされた。バラードは強盗殺人課でボスとの内部抗争に敗れ、ハリウッドの夜勤に追放されたのだった。

一時間後、報告書のデジタルの干し草のなかに一本の針を見つけた――二〇〇四年十月五日付けの報告書だ。そのなかでボナーは、賃借人が入居している住宅で起こった発砲事件の通報に応じたレイトショー刑事として記載されていた。その事件はウェスタン・アヴェニューに近いレモン・グローヴ・アヴェニューにある住宅で午前三時二十分に発生していた。要約書によれば、住宅の賃借人が眠っていたところ、走行中の車からの射撃が発生した。銃を持った男が、走っている車から自動射撃をおこなったという。負傷者は出ず、当該住民は警察に通報すらしなかったが、何人かの近隣住民が通報した。

報告書には、その家の住人をウンベルト・ビエラと彼のガールフレンドであるソフィア・ナバッロと記していた。バラードは、自分がいまダーラの本名を知ったと思った。

この時点で刑事になって二年ほどのボナーが書いた続報報告書では、ビエラとナバッロは非協力的だったと記されていた。要約書では、ビエラはラス・パルマス13ストリートギャング団の幹部構成員と書かれていた。

要約書は、また、GEDからの情報として、ビエラはライバル関係にあるギャングの構成員フリオ・サンスの誘拐未遂事件に関わっていた疑いを持たれていることを記していた。GEDの情報によると、サンスはホワイト・フェンス・ストリートギャング団の構成員だった。同ギャング団は、ボイルハイツを縄張りとしていたが、ラス・パルマスの縄張りを侵食しているところだった。誘拐は縄張りを接しているギャングのあいだで休戦協定を結ぶ際、優位な立場に立つための試みだった。

バラードはボナーの背景調査をもう一度試してみた。ハリウッド分署はブルー・ハリウッドという名の地元市民団体の支援をずっと享受してきた。その団体は備品を提供し、クリスマス・パーティーの資金を寄付し、近隣住民ミーティングを開催していた。また、あらたに転属してきた警察官を歓迎し、引退予定の人間に感謝を伝え、しばしば自分たちのウェブサイトにそうした警官たちのストーリーや写真を載せていた。

バラードは、ブルーハリウッド・ドット・ネットのウェブサイトにいき、検索窓にボナーの名前を入れた。七年まえに掲載された毎月更新の「来る人去る人」コラムに写真と話題が出てくるという成果があった。それは警部のオフィスの外に掲示されているハリウッド分署組織図に載っている、ボナーが退職したときの公式写真だった。バラードは画面上でその写真を拡大し、じっくり眺めた。ボナーは落ちくぼんだ目と剃り上げた頭をしていた。首は太くて、制服の襟が食いこんでいた。写真のなかのボナーはほほ笑んでいなかった。

バラードは背をそらし、目をこすった。夜明けの光が刑事部屋の壁の上部に沿って並んでいる開き窓から入りはじめたところだった。

バラードはボナーとビエラを直接結びつけた。それはダーラ／ソフィアが明らかにした内容に信憑性《しんぴょうせい》と裏付けを与えた――ビエラは、ハビエル・ラファが大金を必要としたときに、彼とボナーを接触させたのだ。また、ボナーの顔写真は、ダーラとガブリエル・ラファ両名から聞いた特徴に一致していた。

次に見つけなければならないのは、ボナーと歯科医たち、そして彼らの事業者向け高利貸し商売《ファクタリング》との関係だった。ボナーが手配し、ラファに届けた金はどこかからやってきた。ボナー自身の銀行口座からというのはおよそありえないだろう。だが、バラードは、レイトショーの刑事と昼間の歯医者たちがどこで出くわしたのか、わからなかった。

バラードは走行中の車からの銃撃事件の報告書をすべてプリントアウトした。そして待っているあいだに、検索窓にフリオ・サンスの名前を入れ、彼が二〇〇四年十一月に殺されていたことを知った。ウンベルト・ビエラの家が走行中の車から銃撃を受けたわずか五週間後だ。

目が疲れて、コンピュータ画面に焦点を合わせることができなくなっていたが、バラードはその殺人事件の報告書を呼びだした。サンスはエヴァーグリーン墓地で銃殺されていた。父親の命日に墓参りに出かけていたのだ。サンスは墓に手足を投げだしている形で発見された。頭部に一発、処刑スタイルで撃たれていた。

事件は未解決のままだった。

バラードはふたたび画面から体を起こし、この最新情報について考えた。ウンベルト・ビエラの自宅が射撃を受けた五週後、ビエラがその事件でクリストファー・ボナー刑事と出会った五週後、走行中の車からの射撃の背後にいたと思われる男が、イーストＬＡの墓地で殺害されている。

バラードはそこに偶然の入る余地はないと見た。自分の捜査のさまざまな要素の関係性が見えはじめた。すべてはひとつの軌道を動いていて、ハビエル・ラファ殺しのまわりをまわっていた。

26

祝日の週末のあと、ロビンスン＝レノルズがどれだけ早めに出勤するのか、バラードは知らなかった。待ち時間を利用して、ラファ事件からミッドナイト・メンの捜査にギアを変更することにした。

大方の市の公共サービス機関は午前七時に始業だとバラードは知っていた。分署を離れ、イースト・ハリウッドに車で向かった。そこのサンタモニカ大通りとヴァージル・アヴェニューの角に街灯整備局《ビュロー・オブ・ストリート・ライティング》のサービス・センターがあった。そこはロサンジェルスにあるさまざまなタイプの街灯が並んでいることで特徴付けられていた。それらはすべて作業／保管場の正面の歩道に設置されていた。郡立美術館には、ＬＡの街灯をモチーフにしたアート作品が展示されていて、観光客やアート・ファンが自撮りをするため集っていた。一方、ここには本物の街灯があった。バラードは作業場に車を進め、事務所のまえで停めた。ここでは慎重に行動しなければならないとわかっていた。ミッドナイト・メンのひとり、あるいは両方がBSLで働いている可能性もないではなかった。ハリウッドのさまざまな地域に精通していることや、通りのすべての街灯に電力を供給している線を切らずにカーペンターの家の外の街灯を使用不能にできる電線がどれなのか知っていたことの説明になる。バラードはアクセス・プレートを外したときの電線のもつれようを見たが、一本の線だけが切断されていたのだ。

車を降りると、バラードは作業場を見渡し、車庫の開放式の駐車区画を覗《のぞ》きこんだ。BSL作業トラックの大半はもう現場に出ているだろうと予想していたが、二台のトラックが修理用の区画に停まっていた。いずれも白いトラックだったが、ヴァンではなく、どちらも運転席側のドアに市章がついていて、その下に街灯整備局の文字が印刷されていた。ディープ・デル・テラスで目撃したヴァンの説明でジャック・カーシーは市章には触れなかった。

バラードは事務所に入り、バッジを示し、責任者に会いたいと告げた。案内されて、カール・シェーファーという名の男性と会うことになった。シェーファーはこぢんまりとしたオフィスを持っており、タイムカードやタイムレコーダーが目に入るところにあり、机のうしろの壁には仕事の予定表が大きく記されていた。シェーファーの肩書きは、作業場監督官だった。バラードはドアを閉め、シェーファーをよく見た。彼は五十代で、被害者たちがミッドナイト・メンの年齢と見積もった年齢層とはかけ離れていた。

「街灯の修繕に関する情報を確認する必要があります」バラードは言った。

「うちではアルヴァラードからウェストウッド、10号線の北側マルホランドまでを管轄しています」シェーファーは言った。「もしあなたが調べているのがその地域なら、わたしが担当です。どんなご用件でしょう？」

「ディープ・デル・テラスの修繕記録をさがしています。期間は……過去二ヵ月としましょう」

「わかりました、そこなら見ずともわかります。なぜなら本日、そこにトラックを派遣しているからです」

「そこでなにが起きているんです？」

「どうやら、いたずらがおこなわれたようです。ある持ち家所有者から、うちのスタッフ二名が街灯の電源を切断したと通報があったんですが、うちではそこに職員を送っていなかったんです。どうやら破壊行為があったようです」

「それはいつのことですか？」

「その住民によれば十二月三十日に起こったそうです」

「きょうのその修理サービスをキャンセルできますか？」

「えーっと、ええ、できます。どうしてです？」

「その街灯とアクセス・プレートの指紋採取の手配をします。その地域である犯罪がおこなわれ、容疑者たちが事前に街灯の給電を停めたかもしれないんです」

「どんな犯罪ですか？　殺人ですか？」

「いいえ」

シェーファーはバラードがさらに説明するのを待ったが、バラードは説明しなかった。シェーファーはその意味を悟った。

「でも、自分たちの姿を見られないように何者かが街灯を切ったとお考えなんですね？」

「可能性があります。ディープ・デル・テラスでのほかの作業指示の記録はありますか？」

「いいえ。調べにいくことはできますが、最近の修理があれば覚えているはずです。そこに住んでいるひとりの男性がいるんです――明かりが消えればかならずその人から連絡があります。ディープ・デル・テラスでの今回の件で、およそ一年ぶりにその人から連絡がありました」

「ジャック・カーシー？」

「彼はそちらにも連絡したようですね」

「あそこで彼に出くわしました」

「あの人はなかなかのキャラクターですね。われわれは気を抜けないんです、言ってみれば」

「わかります」

「ほかになにかご用ですか、刑事さん？」

「最近修理依頼があったかどうか確認していただきたい通りがほかに二ヵ所あります」

バラードは先の二件の性犯罪事件の発生日あるいは正確な住所はシェーファーに伝えなかった。過去三ヵ月のあいだに、ルサーン大通りの６００番ブロックまたはヴィスタ・ストリートの１３００番ブロックで街灯の修理があったかどうかだけ訊いた。それに関してはシェーファーは記憶に基づいて答えることができなかった。シェーファーはコンピュータに住所を打ちこみ、検索によって出てきた二ページをプリンターに送った。

「答えは、イエスです」シェーファーは言った。「いま印刷しています。どちらの通りでも通報がありました。ルサーンでは、十二月二日に苦情が入り、四日に修理しました。ヴィスタでは、十二月二十八日に連絡があり、その週はだれもが休みを取りたがったので、手が足りなかったんです。ヴィスタの修理もきょうおこなうことになっています」

「その修理も止めてほしいです」バラードは言った。

「問題ありません」

「ありがとうございます。あとふたつ質問があります。ルサーンの修理では、どんな問題だったのか報告書が出ていますか？」

「ええ、それがプリントアウトに記載されていますよ。破壊工作でした――根元で電線が切断されていました」

「複数の電線でしたか？」

シェーファーはコンピュータ画面を確認した。

「そこの回路をそっくり交換しなきゃなりませんでした」シェーファーは言った。

「給電コードと閉回路のコードが切断されていました」

そこは最初のレイプ事件が発生した通りだった。ミッドナイト・メンがそこの二本の電線を切断したのは、どれが給電コードか知らなかったからだろう、とバラードは考えた。ディープ・デル・テラスの暴行までに彼らは学んだのだ。

「ということは、実際にはいっせいに何本かの街灯が消えたんですね？」バラードは訊いた。

「そのとおり」シェーファーは言った。「複数の住民から苦情が入っていました」

一本の明かり——狙っている被害者の家にもっとも近いところにある明かり——を消すことを学んだことで、ミッドナイト・メンは手口を向上させ、彼らの凶悪な努力にすぐさま関心を持たれる可能性を低くしたのだ。

「オーケイ」バラードは言った。「ここのトラックの大半が現場に出ているのに気がつきましたが、二台は駐車区画に残っていました。サービス・コールに対応するのに白いヴァンを使っていますか？」

「ヴァン？　いいえ。うちでは平台トラックを使っています。街灯柱一本あるいは照明装置丸ごとを交換しなければならないとき、作業トラックに必要なものを載せて持っていけるようにしないと。四メートルの街灯をヴァンには載せられません。そしてそういうことがとても頻繁に起こるんです——照明装置全体の交換が。人は車を街灯にぶつけるのが好きですからね」

シェーファーは自分の冗談に笑みを浮かべた。

「なるほど」バラードは言った。「で、平台トラックは市の公用車としてはっきり印がされているんですね？　市章と局の名前入りで？」

「かならず」シェーファーは言った。

「ヴァンはない？」

「一台も。なにが起こっているのか教えていただけませんか？　だれかがひどいいたずらをおこなっていて、それがうちの職員だというんですか？」

「お話しできたらいいのですが、シェーファーさん――あなたのお話はとても役に立ちました。ですが、わたしには話せないんです。また、この件を秘密にしておいてもらわねばなりません。だれともこの件について話さないでいただきたいんです」

「わたしがなにを言えるんです？　なにが起こっているのか知らないというのに」

バラードはポケットに手を伸ばして名刺を取りだした。そこに携帯番号が書かれていた。

「最後に」バラードは言った。「今後二週間、ハリウッド地域で街灯の停電が報告されたら、それを知る必要があります。週末であろうとなかろうと関係ありません、街灯が消えているという報告が上がり次第、わたしに連絡して下さい。車の事故が原因の場合は知らせなくてもいいです。たんに、燃え尽きたり、故障したり、破壊工作にあったり、なんでもいいんですが、街灯が消えた場合の連絡をいただきたい。それをしてもらえますか？」

「もちろん、問題ありません」シェーファーは言った。

「ありがとうございます。これがすべて終わったら、もう少しご説明できるようになるでしょう」

「なんであろうと、犯人を捕まえてほしいです。とくに犯人がうちの電線を切っている人間ならば」

シェーファーは先の二件の街灯停電に関する詳細を記したプリントアウトをバラードに渡した。バラードは再度彼に礼を告げると、その場をあとにした。車に戻りながら、ハリウッドでの破壊工作に遭った街灯の次の報告は手遅れになってから届く可能性が高く、次の暴行がすでに発生してしまったあとになるだろうな、とバラードは認めざるをえなかった。

作業場を出てからバラードはプリントアウトに記されている街灯の正確な設置場所を車で通り過ぎた。それぞれの件で、電線が切断された街灯は、性犯罪が起こった家のすぐそばにあった。ミッドナイト・メンが暗闇のなかで自分たちの活動をさらに覆い隠すため、暴行まえに街灯に手を加えたことになんの疑いもなくなった。バラードはまた、両方の場所で、街灯はデルにあったガラスのドングリとは異なっていることに気づいた。

　バラードは科捜研に連絡し、指紋担当技官を出動させ、ディープ・デル・テラスの街灯同様、ヴィスタの街灯の根元にあるアクセス・プレートでも採取処置をほどこすよう要請した。成功の見込みの薄い試みだったが、やってみなければ見返りもないとバラードはわかっていた。指紋は即座に捜査の進展を変えてしまいうるものだった。ルサーンの住所は要請から外した。そこの街灯はすでに修理されており、ミッドナイト・メンが残したかもしれない指紋はなくなっている可能性が高かった。

　携帯電話を確認したところ、八時近くになっており、戻るころには警部補がオフィスにいるはずだった。

　途中でバラードは郡の検屍局《けんしきょく》の解剖コーディネーターから連絡を受けた。週に千件以上解剖がおこなわれていることから、検屍官は、スケジュールを調整し、捜査員や死者の家族に通知をおこなうコーディネーターを必要としていた。コーディネーターは、ハビエル・ラファの検屍解剖が午前十一時に予定されており、検屍官補のドクター・スティーヴン・ズヴァダーが担当する、と連絡してきた。

　バラードは現場に同席する、と答えた。

　ロビンスン＝レノルズ警部補は、バラードが刑事部屋に戻ったときには自分の机に着席していた。バラードが彼のオフィスのひらかれたドアの隣にある窓をノックしたところ、警部補はなかに入るよう合図した。

「バラード」ロビンスン＝レノルズは言った。「とっくに家に帰ったと思ってたぞ。頭の具合はどうだ？」

「いいですよ」バラードは言った。「ミッドナイト・メン関係の聞き取りに出かけていただけです」

「ＩＯＤに記入して提出してもらおう」

「大丈夫です、警部補」

「いいか、早めに帰宅した土曜日の夜の給与もちゃんと支払ってもらいたいだろ？　書式に記入しろ」

　労務災害《インジャード・オン・デューティー》書式に記入するには一時間は優にかかり、その唯一の目的は、警察官があとから市警に訴訟を起こしたり、傷害を理由にした早期退職を願いでてきたりした場合に備えて、負傷記録を残すことだとバラードはわかっていた。市は労災書《ＩＯＤ》式に詳述されていない負傷に基づくいかなる金銭的要求あるいは退職願にいっさい応じるつもりはなかった。一部の障害が最初に発生してかなりの時間が経過してから問題になっても関係なかった。ボッシュがいい例だった。彼はある事件で放射性物質に被曝《ひばく》した。十二年後、それが白血病の形で現れたとき、市は、ボッシュがＩＯＤ書式を一度も提出しなかったという理由で見て見ぬふりをしようとした。幸いにも、ボッシュにはいい医者といい弁護士がついていたので、ことなきをえた。

「わかりました」バラードは言った。「出ていくまえに記入します。いずれにせよラファの検屍に立ち会わなければなりません」

「わかった」ロビンスン＝レノルズは言った。「その件で話をしないと。座ってくれ、バラード」

バラードは警部補の机のまえにある椅子のひとつに腰かけた。そうしていると、机の隅に小型の黒い革ポーチがあるのに気づいた。それはそのまえに縦に置かれたファイルがあるせいで、ロビンスン＝レノルズの座っているところからだと彼の視界には入らなかった。このオフィスに入ってきたときに見過ごしたにちがいなかった。入りながら昨晩のメモを読んでいたのかもしれない。

そのポーチにはバラードのピッキングツール・セットが入っていた。年金台帳にアクセスするため、昨夜オフィスに入った際、それを机に置いたのだった。出ていくときに忘れてしまったのだ。もし警部補がそれを見つけたなら、持ち主がバラードであることは突き止められないかもしれないが、祝日の週末に何者かが自分のオフィスにいたことを知るだろうし、疑いが自分にかかる可能性が高いとバラードはわかっていた。気づかれぬようにそれを摑む方法を考えだそうとしていると、ロビンスン＝レノルズはバラードにラファの事件からきみは外れた、と告げた。

「待って下さい、なんですって？」バラードは訊いた。

「ウェスト方面隊と話をした。連中はきみの手から事件を引き受ける準備が整っている」ロビンスン＝レノルズは言った。

「手放したくありません。わたしは一晩じゅうこの捜査に当たっていて、容疑者の身元を突き止めたんです。このまま捜査をつづけたいです」

「それはすばらしいし、連中はきみのすぐれた仕事をきっと歓迎するだろう。だが、きみの仕事ではない。きみは殺人事件担当刑事ではない。以前にもこういうのを経験したし、きみが事件を手放したがらないたびに、それを裏切りのように主張するのにわたしはうんざりしてるんだ。わたしはきみの敵ではないのだ、バラード。確立された手順があり、われわれはそれに従わねばならない」

「検屍は二時間後です。だれが立ち会うんです？」

「きみだろうな。だが、そのあとで、この男に連絡し、すべてを引き継ぐ手はずを整えてくれ」

ロビンスン＝レノルズは、バラードのほうに向かってポスト・イットのメモを机の上に滑らせた。そこにはバラードの名前が記されていた——昨夜見かけたポスト・イットだった——だが、バラードの名前の下に別の人間の名前と電話番号が付け足されていた——ロス・ベタニー刑事。バラードは彼のことを知らなかったが、彼は彼女の仕事の成果を受け事件を解決する人になるだろう。

「その容疑者について話してくれ」ロビンスン＝レノルズは言った。

もし自分がふたつの殺人事件を結びつけ、殺し屋と思しき男が元ロス市警警官であることを口にしたら、バラードは検屍にすら立ち会えないだろうとわかっていた。ロビンスン＝レノルズはバラードとウエスト方面隊の頭の上を飛び越え、ダウンタウンの強盗殺人課にまっすぐ向かうだろう。強盗殺人課は空中でスズメをかっ攫《さら》う鷹《たか》のように事件を持っていくだろう。バラードはそれを望まなかった。もし自分が捜査を率いることができないなら、まだ幾分かは取り分がある形でベタニーに渡したかった。そうすれば、ベタニーと彼のパートナーは事件を解決するためにバラードとその知識を必要とするだろう。

「金がからんでいるとわれわれは考えています」バラードは言った。「昨日、電話でお話ししたように、ラファの店は貴重な土地の上に建っています。彼には出資はするが経営には加わらない共同経営者がおり、彼は共同経営の契約を破棄しようとしていました。その共同経営者が殺し屋を雇ったんだと思います——そもそも、ふたりを結びつけた仲介者でもある人間を」

バラードは安全網なしで綱渡りをしてしまったと思った。いま口にしたことはすべて偽りではなかった。ただ、ストーリーすべてを話したわけではなかった。

「われわれ？」ロビンスン＝レノルズが訊いた。

「なんです？」

「きみは『金がからんでいるとわれわれは考えています』と言った。われわれとはだれだ？」

「ああ、すみません、言葉の綾《あや》です。つまり、ロス市警を全体と見た意味でのわれわれです。われわれは考えています」

「確かかね？」

「ええ、確かです。最後に確認したところでは、市警は人事凍結のせいで、わたしのパートナーの席を埋めていません」

警部補はそれらすべてが真実であるかのようにうなずいた。

「ハリー・ボッシュという名前の男を知っているか？」警部補は訊いた。「引退したロス市警の人間だ。実を言うと、ここハリウッド分署で長いあいだ働いていた」

バラードは自分がマントラップにうかうかと入りこんでしまったのだと悟った。一枚のドアを通ったところ、背後で鍵がかかってしまった。次のドアは反対側からでないとひらかない。そして反対側にいるのはロビンスン＝レノルズだった。

「ええ、まあ、知り合いです」バラードは慎重に答えた。「以前にひょんな拍子にすれ違ったことがあります。なぜです？」

バラードは、もう一度綱渡りを試みるまえにできるだけロビンスン＝レノルズから多くの情報を手に入れたかった。

「なぜなら、ギャング取締特別班《GED》から届いた報告書が机の上にあるからだ」ロビンスン＝レノルズは言った。「彼らはきみの事件の被害者の告別式を監視していたんだ。ラス・パルマスからどんな人間が姿を見せるか確認するためにな。だが、連中はハリー・ボッシュであるとみなした年寄りときみがいっしょに立っていて、別の男と話をしている写真を撮影した。その男は話されている内容にあまり嬉しそうではなかったそうだ」

バラードの頭のなかは、回答をまとめようとして躍起になっていた。

「ええ」バラードは言った。「それはボッシュであり、もうひとりの男は、わたしがいま話していた出資はするが経営には加わらない共同経営者でした。デニス・ホイルです」

ホイルの名前を餌にしてロビンスン＝レノルズの気をそらさせることができるとは思っていなかったが、なんとかこの対峙《たいじ》を切り抜ける方法を考える時間をバラードは稼げた。ひとつわかったことがある——この背後にダヴェンポートがいる。あの巡査部長が警部補に監視の際に撮影した写真を届けたのだ。あとでダヴェンポートに対処する方法を見つけてやる、とバラードは心に誓った。

「で、ボッシュは？」ロビンスン＝レノルズが言った。「なぜ彼はそこにいたんだ？なぜきみといっしょにいたんだ？」

ロビンスン＝レノルズは監視写真を掲げた。そこにはボッシュがバラードの隣にいるところが写っていた。ホイルと彼の車のそばで対峙したときの写真だった。バラードは、自分が唯一脱出する方法は、最初の殺人事件について正直に話すことだとわかっていた。ボッシュの事件について。もしそれをロビンスン＝レノルズに渡したなら、バラードはこれを切り抜けられるかもしれなかった。

「そうですね、いいですか」バラードは話しはじめた。「わたしは――」

「ちゃんとわたしがまとめられるかどうか、確かめさせてもらおう」バラードの言葉を遮って、警部補は言った。「きみは手一杯になった。大晦日に殺人事件を引き当て、ウェスト方面隊は動きが取れず、きみは週末を費やしてその事件を調べなければならなかった。そこへきてミッドナイト・メンがふたたび事件を起こし、きみはその事件も抱えた。きみには協力してくれる人間がいなかった。なぜならリサ・ムーアはサンタバーバラに出かけて、きみを見捨てていたから――ああ、わたしはそのことを知っている。そのため、きみは壁にぶち当たり、そこでハリー・ボッシュのことを思いだした。引退しなければよかったと思っている引退した刑事を。きみは考えた、『協力と助言を求めて彼に連絡したら？　でも、どうやったら彼と連絡を取れる？』と。そこで、きみはピッキングツールの入っている小さな黒いバッグを取りだし、ボッシュの連絡先番号が載っている年金台帳を入手するため、わたしのオフィスに侵入した。GEDに写真を撮られた以外の唯一の問題は、きみがその小さな黒いバッグを置き忘れ、年金台帳を間違った場所に戻したことだ。わたしの推理はどうだろう？」

バラードは畏怖の念にかられてロビンスン＝レノルズをまじまじと見つめた。マントラップ・ドアがひらこうとしていた。

「さすが、刑事です、警部補」バラードは言った。「慧眼《けいがん》です。でも、わたしがボッシュに連絡したのは、もうひとつの理由があるんです」

「それはなんだね？」ロビンスン＝レノルズは訊いた。

「十年まえ、ボッシュはここハリウッドである殺人事件を調べていました。わたしは薬莢の検査結果を通して、ラファの事件とボッシュの事件を結びつけました。ボッシュの事件は未解決のままです。わたしはそのことで彼と話をしたくて、ラファの告別式で会うことになったんです」

ロビンスン＝レノルズは椅子に寄りかかり、いまの話を考えた。

「で、この話をわたしにいつするつもりだったんだ？」警部補は訊いた。

「きょう。いま。この機会を待ってたんです」

「バラード……」

ロビンスン＝レノルズは言おうとしていたことを言わないことに決めた。

「ロス・ベタニーに本件できみが手に入れたすべてを必ず渡すようにしてくれ」その代わりロビンスン＝レノルズはそう言った。

「もちろんです」バラードは言った。

「それから、いいか、わたしはきみがしたことを気にしない。だが、どうやってしたかは気にする。わたしがGEDにいるダヴェンポートは中身が空っぽの人間だと見なしているのは、きみにとって幸運だった。なぜあの男がきみに怒っているのか、わたしにはわからん。職業上の嫉妬のようだ。だが、わたしが気にしているのは、きみがわたしのオフィスに侵入したことだ。それは二度と起こってはならない」

「二度と起こしません」

「二度と起こらないのはわかってる。なぜなら、だれかが入ってくるたびに警報が届くようにここにリング・カメラを設置するつもりだからだ」

バラードはうなずいた。

「いい考えです」バラードは言った。

「では、自分の小さな黒いバッグを持って出ていき、ウェスト方面隊に連絡して、事件の引き継ぎを手配するように」ロビンスン＝レノルズは言った。「それからボッシュに連絡して、本件で彼の協力はもはや必要なくなったと伝えるんだ。ウェスト方面隊がここから引き継ぐことになっている、と」

「わかりました」

「それから、セックス・チームといっしょになり、ミッドナイト・メンに関して次の打つ手を検討してもらいたい。きみたちが出ていくまえにブリーフィングを受けたい」

「わかりました」

「さあ、もういっていいぞ、バラード」

バラードは立ち上がり、机の隅からピッキングツール・セットを手に取ると、ドアに向かった。出ていくまえにバラードは警部補を振り返った。

「ところで、わたしはこれから三夜連続でオフなんです」バラードは言った。「だれかを待機勤務に充てて下さいました？」

「まだだ」ロビンスン＝レノルズは言った。「なんとかする」

「リサとサンタバーバラのことをどうして知ったんです？」

「なぜならわたしもサンタバーバラにいたからだ。ビーチを歩いていたところ、あの声が聞こえて、見てみたら、〈ミラマー〉のまえにある更衣所にムーアがいた」

「なにか声をかけました？」

「いいや。いまきみにやったように彼女をここに呼びだすつもりだ。作り話をするのか、本当の話をするのか、確かめてみる。それから、ムーアに事前の警告をするんじゃないぞ、バラード」

「しません」

「彼女が本当の話をすれば、問題ない。もしわたしに嘘《うそ》をついたら……そうだな、それは困るな」

「わかります」

バラードはオフィスをあとにし、すぐに右へ曲がると、刑事部屋から離れ、分署の正面廊下に向かった。コーヒーを淹《い》れるため、休憩室にいく。眠れるようになるまで数時間はかかるだろうとわかっていた。また、リサ・ムーアが出勤して、警部補にオフィスに呼びだされたとき、刑事部屋にいたくなかった。事前に警告を寄こさなかったと言って、ムーアに咎《とが》められるはめには陥りたくなかった。

コーヒーが抽出されているあいだ、バラードは警部補に嘘をつくなと伝えるショートメッセージをムーアに送ることを考えた。

だが、バラードは送らなかった。ムーアは自分で道を切《き》り拓《ひら》き、結果に対処できるだろう。

27

バラードが裏の廊下から刑事部屋に入っていったところ、マット・ノイマイアーとローニン・クラークが対人犯罪ポッドにあるそれぞれの作業スペースに座っているのを見た。リサ・ムーアの作業スペースは空だった。バラードは歩いていき、作業スペースを分けている腰高の壁のひとつにコーヒーを置いた。六人用のポッドだった――半分は性犯罪課のもので、もう半分が性的な動機ではないすべての暴行を扱う対人犯罪課のものだった。

「リサは来た？」バラードが訊いた。

「彼女は出勤している」クラークが言った。「警部補がポウワウに呼んだ」（ポウワウは北米先住民の祈禱儀式）

バラードが警部補のオフィスのほうに目をやると、ガラス越しにリサがロビンスン＝レノルズの机のまえに座っているのが見えた。

「いいか、ローニン、もうそんな言葉を使っちゃいけないことになってるんだぞ」ノイマイアーが言った。

バラードはノイマイアーを見た。本気で言っているのではないようだ。

「ポウワウが？」クラークが言う。「悪かった――リストに加えとくよ。勉強が足りてないみたいだ」

次にクラークはバラードのほうを向いた。

「で、バラード、きみはインディアンなのか？」クラークが言った。「どこかそんな血が混じっているみたいだ」

クラークはバラードの顔を指さしてグルグルまわす仕草をした。

「ネイティブ・アメリカンという意味？」バラードは言った。「いえ、ちがうわ」

「じゃあ、なんなんだ？」クラークは食い下がった。

クラークが両足で線を越えるまえにノイマイアーが遮った。

「レネイ、座ってくれ」ノイマイアーは言った。「週末の話をしてくれ」

バラードはムーアの作業スペースに座り、間仕切り越しにノイマイアーとクラークの両方を見られるよう、椅子の座面の高さを調整した。もっとも、主にノイマイアーに話すつもりでいたのだが。

「新しいミッドナイト・メンの事件のことは知っているよね？」バラードは訊いた。

「警部補に呼ばれるまえにリサが話してくれた」ノイマイアーが言った。

「焦点を多少変更する必要が出てきたと思うの」バラードは言った。

「どうして？」クラークが訊く。

「新しい事件は丘陵地帯で起こった」バラードは言った。「デルで。そこは窓を覗きこんで、被害者を見つけるために徒歩で入りこむようなたぐいの住宅地じゃない。被害女性は標的にされ、そこまでつけられている。少なくとも、それがわたしの見立て。それによって、被害者選定の見方が変わる。先のふたりの場合、容疑者たちはアクセス面を重視して、場所を選んでから、被害者を見つけたのだと考えられていた。それは三人めの被害者の場合は当てはまらない。ゆえに、三人の被害者を結びつけているなにかがあるはず。それがなんであれ――場所なのか、リアルな出来事なのかヴァーチャルな出来事なのか――それが容疑者のレーダー上で彼女たちをとらえたものなの」

「辻褄《つじつま》は合う」ノイマイアーは言った。「その……ポイントがどこなのか、なにか考えはあるのか？」

「結びつき？」バラードは言った。「いえ、まだ摑んでいない。だけど、三番めの被害者はロス・フェリズでコーヒーショップを運営している。それは、日常ベースで見知らぬ人間と数多くの交流があることを意味している。とにかく、そこにわたしは固執している。リサとあなたたちと相談しようと思っていた」

「よし、彼女が来たぞ」ノイマイアーは言った。「全員で対策室に入ろう。いまだれも使っていない」

ムーアがポッドに歩いてきた。彼女は週末を経て日焼けをしているでもなければ、屈辱あるいは怒りによって顔色を変えているでもなかった。

バラードはムーアの椅子から立ち上がろうとした。

「いえ、そのままでかまわないわ、レネイ」ムーアは言った。「座ってて。あんたが手に入れたんだから」

「いったいなんの話？」バラードは訊いた。

「あんたがあたしの仕事を手に入れたの」ムーアは言った。「きょうからはじめてくれてかまわない」

するとムーアの様子がクラークとノイマイアーの注意をひいた。彼らはファイルを集めて、対策室に向かおうとしていたところだった。

「なんの話なのかわからないな」バラードは言った。

「いえ、わかってるに決まってる」ムーアが言った。「新しい配置転換で、あたしはレイトショーになり、あんたはセックスを担当する。それになにも知らないふりをしないで。あんたがあたしをはめたんでしょ」

「わたしはだれもはめていません」バラードは言った。「その話ははじめて聞いた」

「おれもだ」クラークが言った。

「黙って、クラーク」ムーアが言った。「これはあたしとこのうしろから刺してくる卑怯《ひきょう》なビッチとの話なの」

バラードは冷静なままでいようとした。

「リサ、ちょっと待って」バラードは言った。「警部補のオフィスに戻りましょう。そして――」

「ファック・ユー、バラード」ムーアは言った。「あたしがシングルマザーだとわかってるでしょ。あたしには子どもがいるの――そんなあたしが深夜勤務でどうやって働けるわけ？　それもみんなあたしの尻拭いをしなきゃならなかったことであんたがムカついたせいで」

「リサ、わたしはあなたをかばった」バラードは言った。「警部補にはなにも言わなかった、その件でも、あるいはこの――」

「彼はとうに知っていたんだ、リサ」ノイマイアーが言った。「〈ミラマー〉のことを知っていた」

ムーアはレーザーのフォーカスをバラードから離し、ノイマイアーに向けた。

「**なんですって？**」ムーアは訊いた。

「彼は知ってたんだ」ノイマイアーは言った。「〈ミラマー〉だろ？　サンタバーバラの？　ダッシュは週末にサンタバーバラにいくんだと木曜日におれに言ってたんだ。もしバラードといっしょに働いていなきゃならないときにおまえがそこにいたなら、たぶんダッシュはおまえを見かけたんだろう。週末はどうだったと単純に訊かれたんじゃないのか？」

ムーアは答えなかったが、答える必要はなかった。彼女の顔が考えていることをあらわにしていた。警部補のオフィスで自分がまんまとはまった罠《わな》は自業自得だったとわかってきたのだ。

「バン、よくわかったぞ」クラークが言った。「おまえは自分でドジったんだ、ムーア」

「黙れ、クラーク」ムーアは言った。

「オーケイ、この揉《も》めごとは、いまは脇に退《ど》けておけないか？」ノイマイアーは言った。「みんなで対策室にいこう。捕まえなきゃいけないレイプ犯のペアがいるんだ」

しばし沈黙が降り、ムーアは対策室に通じている廊下に向かって手をサッと振りだした。

「先にいって」ムーアは言った。

男たちはそれぞれの作業スペースから腰を上げ、ノイマイアーが白いバインダーを脇に抱えて先に立った。クラークがすぐあとを追いかけた。おそらくふたりの女性のあいだの緊張感は、自分が巻きこまれたくないものだと感じたのだろう。

バラードは九メートルほど距離を置いてあとにつづき、ムーアがそのパレードのしんがりを務めた。歩きながらムーアはバラードの背中に向かって話しかけた。

「謝ってほしいんだよね」ムーアは言った。

「あなたからなにも欲しくない、リサ」バラードは言った。

バラードはふいに立ち止まり、振り向いてムーアを見た。ふたりは靴磨きの男にしか話が聞こえないような奥の廊下に立っていた。

「いい、あなたは自分で自分をひどい目に遭わせたかもしれないけど、同時にわたしをひどい目に遭わせたの」バラードは言った。「わたしは自分の仕事が好きなの。わたしは暗闇の時間帯《ダーク・アワーズ》が好きなのに、あなたのせいで昼の担当になるんだ」

バラードは背を向け、廊下を進み、靴磨き場のそばを通り過ぎた。

四人全員が対策室に収まるとすぐ、ムーアがサボっていたのが明らかになったいま、ノイマイアーはバラードに週末の出来事の要約を頼んだ。バラードは最新の状況を簡潔にまとめ、三人の被害者に働きかけた内容を話した。

「三番めの被害者が記入したラムキン調査票がここにある」バラードは言った。「ほかのふたりはいまごろ記入を終えていると思う。きょう、連絡して、回収してもらう必要がある。それらを比較して、三重の一致事項があるかどうか確かめて。あるいは二重の一致事項でもいい」

クラークはデスクワークのことを思ってうめき声を上げた。

「ありがとよ、バラード」クラークは言った。「残って手伝ってくれないか？」

「わたしは睡眠を取るつもりなのでダメ、クラーク」バラードは言った。「一晩じゅう働いており、週末ずっとこの事件に取り組んでいたの。このミーティングが終わったらすぐここから出ていく」

「きみの働きはみごとだ、レネイ」ノイマイアーが言った。「ここからはわれわれが引き受ける」

「よかった。三日間オフを取ることになっているので」バラードは言った。

「わかった」ノイマイアーは言った。「三番めの被害者の調査票を渡してくれたら、そこからわれわれが引き受ける。きみは家に帰ってくれ」

「わたしたちは幸運を摑んだかもしれない」バラードは言った。「このクズどもは、それぞれの被害者の家の近いところにある街灯の電力を遮断している。暗くしたかったのね」

「なんてこった」クラークが言った。

「どうやってそれを摑んだんだ？」ノイマイアーが訊いた。

「デルの住民が、襲撃の前夜、被害者の家の外にある明かりが消えていた、とわたしに話してくれたの。けさ、わたしはＢＳＬに出かけて、作業依頼を確認し――」

「ＢＳＬ？」ムーアが訊いた。

「街灯整備局《ビュロー・オブ・ストリート・ライティング》」バラードは言った。「ヴァージル近くのサンタモニカ大通りにある。作業依頼を調べると、ほかの被害者の通りの明かりも襲撃とおなじころに切れていた。苦情を受けてから作業にあたるので、正確な日時はわからない。だけど、苦情記録内容は一致している。犯人たちは邪悪な行為をするため戻ってきたときに通りが暗くなっているように、明かりを切ったんだと思う。鑑識に街灯柱と街灯のアクセス・プレートの指紋採取を依頼しているけど、たぶん指紋が採取できる見こみは低いでしょうね」

「それもいい情報だ、レネイ」ノイマイアーは言った。

「だけど、それでおれたちになにが手に入る？」クラークが訊いた。

「おたんこなす、マーチン《M》・ルーサー《L》・キング《K》の週末が、二週間後にある」ムーアが言った。「ＢＳＬに通報を頼む必要がある。うまくいけば、連中の次の襲撃のときに捕まえられるかもしれない」

　バラードはうなずいた。

「そのとおり」バラードは言った。「それにすでに手はずは整えている。今後、明かりが消えたと通報があるたびにわたしに連絡が来ることになっている」

　クラークは自分が当たりまえのことを把握できなかったので傷ついた表情を浮かべていた。

「すばらしいな」ノイマイアーが言った。「ひょっとしたらこちらが優位に立てるかもしれない。だけど、まずは調べなきゃならない調査票がある。ローニンとリサ、被害者を選んでくれ。調査票を取りにいって、ここでまた落ち合い、相互参照をはじめよう。レネイ、いい仕事だった。家に帰って、ぐっすり休んでくれ」

　バラードはうなずいた。このあと検屍解剖が待っていることは口にしなかった。

「なにか出てきたら連絡して」バラードは言った。

「ああ、捜査にとりかかるまえにひとつある」ノイマイアーは言った。「マスコミ対応について話したかったんだ。幸運なことに、連中はまだこの事件に気づいていない。だけど、現在、三番めの事件が起き、外に漏れるだろう。どういうわけか、かならずそうなる。この街灯の手がかりを手に入れた以上、捜査を秘密のままにしておきたい気持ちに傾いている。だけど、それは危険なんだ」

それはつねに勝目のないシチュエーションだった。事件を公表すれば容疑者を警戒させ、彼らを追いかけるもとになっていた手口を変えさせてしまいかねない。公表しなければ、脅威がそこにあることを人々に警告しなかったという批判を市警は大っぴらに浴びてしまう。典型的な皮肉なやり方で、公表するかどうかの判断は、純粋に市警の政治的な路線に沿っておこなわれ、トラウマから救われたかもしれない被害者を考慮することはなかった。

「その点については警部補とおれが話す」ノイマイアーが言った。「だが、もしこれが漏れたら、われわれはよく見られないだろう。市民に警告すべきだったと叫ばれるだろうな」

「公表すべきかもしれない」バラードは言った。「犯人ふたりは、複数回のレイプに対する終身刑の可能性をわかっている。連中がそれを理解したらすぐ、行動をエスカレートさせるでしょう。被害者を生きたままにするのを止めるでしょうね」

「そしてそれはわれわれが冒す危険だ」ノイマイアーは言った。「警部補と相談させてくれ。彼は広報に話をしたがるかもしれない。なにか決まったら連絡する」

一同が刑事部屋に戻ると、ムーアはバラードになにも言わなかった。かつて共有していたフレンドリーでプロフェッショナルな関係は完全に、永久になくなったようだった。

バラードは部屋を横切り、ロビンスン＝レノルズのひらかれたドアをノックした。警部補はなかに入るよう合図した。

「バラード、もう帰ったと思ってたぞ」

「セックス・チームとブリーフィングのため残ってたんです。それから、検屍解剖にいくことになっています」

「じゃあ、次の配置転換について聞いたんだな。きみは深夜勤務から外れる、バラード。それをわたしから伝えるつもりだったんだ」

「ええ、聞きました。でも、警部補、なぜわたしがリサの罪のせいで罰を受けなければならないのですか、とお訊ねしなければなりません」

「いったいなんの話だ？　きみは罰せられたりしないぞ」

「わたしがレイトショーを外れ、自分が担当することになると彼女は言ってました」

「まさにそのとおりだ。きみはセックス・テーブルにいく。そこでは、大きな改善が見られるものと期待している。きみとノイマイアーは素晴らしいチームになるだろう。クラークは重荷だが、おおむね無害だ」

「そこが重要なんです。わたしはレイトショーが好きなんです。リサを罰することで、あなたはわたしを罰しているんです。わたしは深夜勤務を離れるつもりはありません」

ロビンスン＝レノルズは黙りこんだ。バラードは彼の心が揺れ動いているのを見た。深夜勤務帯で働くのを好む刑事はいないという前提ではじめたのだ。だが、それは彼の見方であり、バラードの見方ではなかった。

「どうやら判断をミスったようだな」ロビンスン＝レノルズは言った。「きみは動きたくないんだ」

バラードは首を振って肯定した。

「わたしが望んでいる唯一の異動先は、ダウンタウンの殺人事件担当です。そしてそういうことは起こらないのをわれわれは知っています。それで、わたしは深夜勤務が好きなんです。バラエティ豊かな事件があり、重荷になるパートナーはいなくて、目立たず、注目されない。わたしには理想的なんです」

「わかった、命令を撤回する。次の配置転換の時期が来たとき、きみは三直に留まる」

「リサはどうなります？」

「彼女はどうでもいい。たぶんいまいるところに留まるだろうが、わたしは低い人事評価をつけるだろう。だが、バラード、わたしが考え直したことを彼女には言うなよ。新しい配置が発表されるまで一週間は、クヨクヨ悩んでもらいたい。それが彼女への罰になるだろう」

　バラードは首を横に振った。

「警部補、彼女には子どもがいて、夜にそれをカバーするための手配をはじめる気でいます。あなたが彼女に話すべきだと思います。記録に残し、いまおっしゃったように人事評価を下げるのは仕方ないとしても、そんなふうに振り回すのはよくないです」

「これは学習体験にしなければならないんだ、バラード。だから、彼女には話すな。一言たりともだ。それが命令だ」

「了解しました《ラジャー・ザット》」

バラードは沈んだ気持ちのまま、署をあとにした。

ときどき、いわゆる司法制度の最大のバリケードは、ドアから出るまえの内側にあるようにバラードには思えた。

28

検屍解剖はいつもどおりだった。ただし、検査台上のハビエル・ラファの裸体は、ギャングの生活から逃れ、息子ガブリエルの範になるため彼がどこまでやったかを示しているのをバラードは見ることになった。首にすでに目にしていたものに加え、胸や腹、腕のいたるところにレーザー痕があった。タトゥ除去の痛々しい地図だ。すべてのインクを取り除くのに何年もかかっただろう、とバラードは推察した。おのれの罪を悔い改めるため、鞭《むち》やその他の道具でみずからを罰する修道士をバラードは思い浮かべた。ハビエル・ラファの罪がなんであれ、彼は苦しい代償を払ったのだった。

体に唯一残っているタトゥがあった。左の肩甲骨に水面にのぼる朝日が描かれていた。なんのシンボルでもなく、ギャングとの関わり合いを示す言葉も付いていなかった。

「どうやら、このタトゥは残していたんだな」検屍を執行する検屍官補のドクター・

ズヴァダーは言った。「沈む夕日だ」

バラードはそれが朝日なのか夕日なのか見分ける術《すべ》がないことに気づいた。どちらかで意味合いは大きく違うことになるのだが。

「おもしろいな」バラードは言った。「わたしはのぼる朝日だと思っていた」

「カリフォルニアだよ」ズヴァダーは言った。「沈んでいこうとしているのに決まってる」

バラードはうなずいた。彼の意見がおそらく正しいだろうが、だとするとバラードはいやな気分になった。沈む夕日は一日の終わりを意味していた。のぼる朝日ははじまりだ。希望だった。ラファは、自分の時間が短いことを知っていたのだろうか。

バラードはラファの命を奪った弾丸が鼻の軟骨に埋まっているのをズヴァダーが見つけるまで、解剖室に留まっていた。その弾丸は、頭蓋骨のてっぺん近くから入ったあと、脳を突っ切って、ラファを即死させたのち、鼻のうしろに留まったのだ。

「この男は亡くなったとき花火を見上げていたんだろうな」ズヴァダーは言った。

「それはとても悲しいね」バラードは言った。

「やってくるものを知っていて、怖れていたよりはいいんじゃないかな」ズヴァダーは答えた。

バラードはうなずいた。そうかもしれない。弾丸はひどく損傷していた。まず、頭蓋骨での衝突で、次に軟骨にぶつかって。ズヴァダーは発射体を袋に入れ、その包みに自分の名前と検屍局の事件番号を記してから、バラードに手渡した。

バラードはNIBINデータベースで比較分析をしてもらうため弾丸を届けに弾道検査課に向かった。弾丸が損傷しているため、薬莢《やっきょう》比較よりもいい結果が出る可能性は低かった。データベースは原則的には薬莢比較のものだった。そのため、発射体の比較はあとまわしにされた。バラードは技師が分析をおこなってくれるのを待っていられないとわかっていた。一週間以内になにか連絡があればめっけものだった。

そんななか、カール・シェーファーから電話がかかってきた。BSLの作業場監督官だ。

「一件ありました。新しい通報です」

「街灯が消えた？」

「ええ、たったいま連絡が入りました。アウトポスト・ドライブの街灯です」

「まず最初に、シェーファーさん、連絡するのを覚えていて下さってありがとうございます」

「たいしたことありません。この机のまえにあなたの名刺を置いているんですから」

「詳しい情報はすでに手に入っていますか？」

「いいえ、自分の家の外の明かりが消えていると女性から通報があっただけです。わたしはトラックを派遣するつもりでしたが、まず、あなたに確認してみようと思いました」

「ありがとうございます。トラックは派遣しないで下さい。いまから連絡して、指紋採取車をそこへ向かわせることができるかどうか確認します。修理が可能になったら、わたしかわたしの同僚から、ご連絡します」

「わかりました、刑事さん」

「それから、カール、この手の通報があったときにわたしに連絡するのを忘れないでほしいのですが、あなたの机に名刺を置いておくのはちょっと困るんです。いいですか、この件をなるべく目立たぬようにしておきたいのです。そちらのオフィスにタイムレコーダーがありましたね。社員全員がそこでタイムカードに記録するんですよね？」

「ええ、おっしゃりたいことはわかります。いま、名刺をひきだしに入れます」

「ありがとうございます、カール。いま話題にしている街灯の正確な住所または位置と、通報してきた人物の名前を教えていただけますか？」

シェーファーはバラードに情報を伝えた。問題の街灯は、アウトポスト・ドライブの下のほうにあった。その道は、フランクリン・アヴェニューから北に向かってマルホランド・ドライブまでつづく、丘陵のなかを進む曲がりくねった道路だった。バラードはシェーファーからの連絡を無視することを考えた。次の祝日の週末までまだ十一日あり、これまでの事件では街灯はミッドナイト・メンが襲撃する一日かそこらまえにいじられていたからだ。だが、アウトポスト・ドライブは、カーウェンガ・パスを挟んで、デルの真向かいにあった。先の二件の暴行は、おおよそおなじ地域で起こっていた——少なくともおなじパトロール・ゾーンだった。デルの事件は二度めの連続犯行のはじまりかもしれなかった。

また、過去の祝日の週末に四番目の犯行がすでに起こっていて、まだ通報されていない可能性も考慮せざるをえなかった。要するに、バラードはシェーファーからの連絡をないがしろにできないということだった。

ハビエル・ラファを殺した弾丸を検査課に届けてから、バラードはアウトポスト・ドライブまで車で向かい、問題の街灯を突き止めた。路肩に車を寄せて停めてから降り、もっと近くで見た。デルにあった街灯とおなじドングリ形の明かりだった。街灯柱の根元にあるアクセス・プレートには、いじられたようなあからさまな兆候はなかった。その街灯は、苦情を入れた家と道路を挟んで真向かいにあった。そこに住んでおり、苦情を入れた女性は、アビゲイル・セナという名前だった。その家は、バラードがいつもスパニッシュ・ランブラーと呼んでいる形式のものだった。一階建てで、横に長く広がっており、赤い筒瓦《つつがわら》の屋根と白い化粧漆喰《しっくい》のファサードになっていた。正面に沿って、灌木《かんぼく》とその他の草木が生えていて、すべての窓の下まで届いていた。付属している車庫があり、シンディ・カーペンターの家と、彼女を襲った男たちの侵入路と目されていたものをバラードに思いださせた。

バラードは、まず鑑識班に連絡して、指紋採取車を出動させ、街灯のアクセス・プレートの指紋採取処理をするよう要請した。次にマット・ノイマイアーに連絡し、BSL作業場のカール・シェーファーからの電話のことを話した。

「どう思う?」ノイマイアーは訊いた。「やつらは行動を変化させているだろうか? この手口は合わない」

「わからないわ」バラードは言った。「だけど、もしこれが連中の仕業なら、この週末にすでに起こっていた可能性を考慮しなければならない。つまり、連中は、週末ふたりの女性を襲い、この街灯がいまようやく通報されたのかも」

「ああ、クソ、きみの言うとおりだ。通報されていない事件の可能性がある」

「わたしはこの住宅地に今夜来て、監視することができる――それほど目立たないようにして――でも、いまは少し休む時間を取らないとだめ。もうくたくたに疲れているから。そちらでこの地域に住んでいる住民を調べてもらえるかなと考えていた。このアビゲイル・セナという女性が独り暮らしなのかどうか、あるいは、ほかに別の女性が、ここの街灯のすぐ近くの家のどこかに独り暮らしをしているかどうか」

「ああ、こちらでやるよ。きみは少し寝てくれ。それから今夜のことは気にしないでほしい。きみはオフだとわかっている。張りこむことになったらこちらで手配する。リサに夜間勤務を慣れさせるべきかもな」

その発言で、ロビンスン＝レノルズは、ムーアのレイトショーへの配置換えを考え直したことをまだノイマイアーに話していないのがバラードにはわかった。ノイマイアーのような好人物に対して秘密を抱えているのを申し訳なく思ったが、バラードは警部補の命令に縛られていた。また、警部補がプレイしている管理職ゲームに参加したくはなかった。

「了解《ラジャー・ザット》」バラードは言った。「手はずが整ったら、わたしにメールを送って。なにが起こっているのか知りたいので」

「了解した、レネイ。楽しい夢を」

「ええ、見てのお楽しみ——ああ、待って、リサとローニンはほかの被害者のラムキン調査票を手に入れた？」

「ふたりはいま受け取りに出かけているところだ。ばらばらにいくんじゃなくて、いっしょに出かけている」

「わかった。あの、その件も教えてちょうだい。三人の被害者全員に三重の交差点が見つかったらいいな」

「そうなったらわれわれの仕事がもっと楽になるだろう」

「了　解《ラジャー・ザット》」

バラードは電話を切り、話の締めくくりに〝ラジャー・ザット〟を使うのを止めなければならない、と心に誓った。古くさい言葉になってきている。まえに体を倒し、イグニションのキーをまわそうとしたとき、左手に動きが見え、そちらを向くと、アビゲイル・セナの家の車庫の扉が上がりはじめた。

車庫の区画には銀色のメルセデス・Gワゴンが入っており、すぐにブレーキ・ライトが灯《とも》り、バック・ライトの点灯がつづいた。メルセデスは車庫からバックで出て、大きな扉がガラガラと下に戻った。バラードは車窓が着色されているせいで運転手のシルエットしか見えなかったが、髪の毛の形から女性が運転している、と思った。メルセデスはバックして道路に入ると、二ブロック先にあるフランクリン・アヴェニューの信号機に向かって進んだ。

バラードは疲れはてていたが、捜査員の好奇心――それは祝福でもあり、呪いでもあった――が勝った。バラードはUターンをして、Gワゴンを追跡した。アビゲイル・セナを一目見たかった――もし運転しているのが彼女だとしたら――そして、ミッドナイト・メンの先の三人の被害者によって設定された被害者プロファイルに合致するかどうか確かめたかった。

バラードはフランクリン・アヴェニューを東向きにロス・フェリズ方向に進んでいるメルセデスを追跡した。このささいな外出が終わったとき、少なくとも自宅の近くにいるだろう、とバラードは思った。

携帯電話に見覚えのない番号からかかってきた。バラードは正式には非番であることから、単純にもしもし、とだけ答えて出た。

「バラード刑事、ウェスト方面隊殺人課のロス・ベタニーだ。ギャング事件を引き取り、どんな進捗状況なのか確認するため、きみと会う必要がある」

バラードは答えをまとめるため、いったん口を閉じた。

「いま検屍解剖から出てきたところ。それからこれはギャング事件じゃないわ」

「死亡したのはラス・パルマス団の人間だと言われたが」

「元団員。ずいぶんまえにギャングから足を洗ってる。これはギャングがらみの事件じゃない」

「そうか、おれが直近で担当した二件はギャングがらみだった。だから、これは歓迎すべき変化だな。いつ会えるだろうか？　おれのパートナーのデニース・カークウッドは、きょうはいないんだ――週末に一日休みを加えている――だが、あすは戻ってくる。そのときにそちらに会いにいけるんだが」

バラードはホッとした。少し睡眠を取る必要があったのだ。追跡しているメルセデスがフランクリン・アヴェニューを離れ、キャニオン・ドライブにある〈ゲルスンズ〉スーパーマーケットの駐車場に入っていくのを見た。消耗している体のなかでアドレナリンが少々分泌された。シンディ・カーペンターのラムキン調査票で、彼女がほかのふたりの被害者のうちひとりとおなじようにこの〈ゲルスンズ〉店舗で買い物をしていたのをバラードは知っていたからだ。

「あしたでいいわ」バラードは言った。「わたしはいまからおよそ二十四時間ぶりに自宅に帰って眠るの。時間は？　場所は？」

「われわれがハリウッド分署に出向こう」ベタニーは言った。「そのときにいろいろ検討して、きみが手を離した場所から引き継ぐ。ハリウッド分署で九時ではどうだろう？　それで十分な睡眠は取れるだろうか？」

ベタニーは最後の質問をほがらかに訊ねたが、バラードはきみが手を離した場所という言い方に引っかかった。その言葉がバラードをいやな気分にさせ、またしても事件を手放すのをためらう気持ちが出てきた。自分のよくやった仕事を。ボッシュのよくやった仕事を。バラードはウェスト方面隊の人間が四人の歯科医とクリストファー・ボナーを逮捕するとき、その場に居合わせたかった。もしベタニーとカークウッドがどうにかして彼らを逮捕できるならば。

「聞いてるかい、バラード？」ベタニーが返事を促した。

「ええ、九時に分署でいいわ」バラードは言った。「きょうなにかしたいのなら、被害者の事業記録の捜索令状を作成するといい。わたしには彼の店のオフィスを調べる時間がなかった」

「わかった。おれはたぶんあしたまで待つ。デニースが書類仕事を担当しているんだ」

バラードはそのお定まりのやり方を知っていた。男性刑事が主役を演じ、女性刑事は裏方の仕事と書類仕事を担当する。

「で、ハリウッド分署なんだが——どこにいけばいい？」ベタニーが訊いた。

「対策室《タスク・フオース・ルーム》で会いましょう」バラードは言った。「いまは使われていない」

「どんな事件の特捜班《タスク・フオース》だ？」ベタニーは訊いた。

その質問は修辞的なものだった。彼は最近では、事前に対策を立てる警察業務の減衰が進行しているのを暗に指摘していた。バラードはその皮肉に乗らないことにした。

「じゃあ、そのときに」バラードは言った。

バラードは携帯電話をしまい、追跡しているメルセデス・Gワゴンが店の正面にある青くペンキで示された障害者用駐車区画に停められるのを見ていた。バラードは駐車場の連絡路で停車して、様子をうかがった。ミラーを確認し、あらたな車がそのレーンのうしろに来たのを見たが、その車は迂回《うかい》するのに十分な余地があった。数秒後、Gワゴンのドアがあき、ひとりの女性が車のサイドステップを利用して地面に降りた。

女性は六十代のようだった。髪の毛をひっつめてポニーテールにしていた。正面に大きな赤い唇が印刷された黒いマスクをつけていた。どぎつい絵柄だったが、バラードは、その女性がたぶんそれをおもしろいと思っているのだと判断した。女性はエコバッグを手にして、店の自動ドアに向かった。肉体的なハンディキャップは負っていないように見えた。

その女性は既知の三人の被害者と年齢層が大きく外れていた。バラードは、女性の家の向かいの街灯がもしミッドナイト・メンによって電源を断たれているなら、彼らの狙っている被害者はアウトポスト・ドライブに住むだれかほかの人間なのだろう、と推測した。睡眠を取ったあとで、ノイマイアーにアウトポスト・ドライブの追跡調査の結果を確認することに決めた。

〈ゲルスンズ〉から、バラードの住む建物まで十分しかかからなかった。自分の部屋に入ると、バラードはまっすぐ寝室に向かい、銃とバッジと手錠をベッド・テーブルに置き、その場の床に服を脱ぎ捨て、前回眠ったときにベッドに置きっぱなしにしていたスウェットに着替えた。携帯電話で六時間後のアラームを設定すると、整えていないベッドのカバーの下に潜りこんだ。あまりに疲れていて歯も磨かなかった。

この街の通常の昼間の騒音を聞こえにくくするため、ベッド・テーブルからウレタン製の耳栓を取ってはめ、光が入ってこないように安眠マスクをつけた。

そして十分後、バラードは世界から消えた。顔から先に深い睡眠に飛びこんだ。そこでは体のまわりで渦を巻く水が暗く、なにもないなかに派手な赤い唇が浮かんでいた。

第二部　武力行使

29

バラードはなによりも先にあばらと両腕に重みを感じた。目をあけると暗闇があり、自分が目かくしをされているのに気づいた。いや、安眠マスクだ。だれかの手に口を覆われ、あごを摑まれていた。最初に思ったのはミッドナイト・メンだ――**どうやってわたしを見つけたんだ？　アウトポストで目撃されたのか？**〈ゲルスンズ〉の駐車場の連絡路で自分のうしろに入ってきた車をバックミラーで見たことが記憶に蘇《よみがえ》った。

バラードはもがこうとしたが、体にかけられた重みはあまりにも大きかった。激しく首を横に向け、あごを摑んでいる手の力を緩めさせ、声を上げようとしたが、すぐに手の力が強まり、バラードは顔を上にして引き戻され、あごに圧力が加わり、むりやり口をあけさせられた。

銃がコックされる独特の金属音が聞こえ、そのことがミッドナイト・メンだという考えを捨てさせた。被害者のだれも銃に言及していなかった。ひとり対ふたりだったのだ――彼らは銃を必要としていなかった。

バラードはすべての重みが自分の上半身にかかっているのを悟った。襲撃者はバラードの肋骨《ろっこつ》にまたがっていた。両脚で挟んでバラードの両腕をベッドに押さえつけている。バラードは上半身を動かすことができなかったが、腰と脚は自由だった。それがこの襲撃の欠点だった。

パニックにかられ、アドレナリンが放出された状態で使える渾身《こんしん》の力で、バラードは膝を立て、両足でマットレスを踏みしめ、腰を突き上げて、襲撃者をヘッドボードに向かって押しやった。

その動きは予想外で、襲撃者は鈍い音とともに堅い木製のヘッドボードにぶつかった。銃身がバラードのあごをこすったが、銃は発射されなかった。バラードの右腕が急に自由になり、その腕でバラードは襲撃者を左に押しやって、ベッドから落とした。相手が床に落ちる音が聞こえた。バラードが安眠マスクをはぎ取り、男を見ると、床にいるのがだれなのかすぐにわかった。

ボナーだ。

ボナーはよろよろと立ち上がろうとした。左腕を振り上げ、銃を――バラードの銃だ――バラードに向けようとする。バラードは右肘を引き、相手の喉目がけて拳を突き刺した。

ボナーは仰向けに床に倒れ、銃を取り落とし、両手を自分の首に持っていった。顔が紅潮し、目を大きく見開き、息ができなくなっているのに気づく。バラードは拳の突きで相手の喉を潰したのだと悟った。体にからまっている毛布とシーツを引きはがし、床に転がり降りる。今度はバラードがボナーに馬乗りになり、床の上の自分の銃を背後に遠ざけ、携帯電話に手を伸ばして、911通報をした。

「こちらロス市警のバラード刑事、フィンリー四三四三番地に至急救急車を寄こして。呼吸できなくなっている男性一名」

ボナーは潰れた喉からゲッゲッと喘《あえ》ぐ音を出しはじめ、顔色は赤というより紫になっていた。

「手配するあいだ切らずにいて下さい」救急の指令係が言った。

バラードは通話を待機中にした。手を伸ばし、ボナーのあごの下に手を入れ、呼吸阻害箇所を触診できるか確かめようとした。ボナーは本能的にバラードの手を押し退《の》けた。

「抗《あらが》うのを止めなさい」バラードは言った。「あなたを助けようとしているの」

バラードに反応しようとしたことが、脳に供給される酸素の欠如につながったのか、ボナーの両手が首から離れ、床にだらんと落ちた。ひらいた口からは乾いたこすれるような音が聞こえた。目を大きく見開き、バラードを見上げながら、ボナーは死にかけていた。

指令係が電話に戻ってきた。

「オーケイ、いま向かってます」

「到着予定時間は？」

「四分です」

「保たないわ。もう死にかけてる」

「気道をあけることはできませんか？」

「潰れてるの」

バラードはマンションの部屋番号と、メインエントランス・ゲートをあける暗証番号を急いで伝えると、電話を切った。すばやく携帯電話の連絡先を呼びだし、ギャレット・シングルにかけた。彼はすぐに電話に出た。

「レネイ、調子はどうだい？」

「ギャレット、聞いて。現場での気管切開術について口頭で説明してちょうだい」

「待ってくれ、いったい――」

「いい、時間がないの。ここに男性がいて、呼吸できずにいる。喉の上部が閉塞しているの。救急隊を呼んでるけど、そこまで保ちそうにない。現場での気管切開術について口頭で説明してちょうだい。いますぐ」

「これはギャグなのか？」

「ちがうってば！　なにをすればいいのか、わたしに話して。いますぐ！」

「オーケイ、オーケイ、えっと、塞がっているのは正確にどこ？」

「喉の上部。一分以上、空気が吸えていない。死にかけてるわ」

「喉ぼとけの上、それとも下？」

「上」

「わかった、いいぞ。首の下になにかを置いて、喉がはっきりとアーチを描くようにしてくれ。あごを上に向けて」

バラードは携帯電話をスピーカーにして、床に置いた。ベッドの下に手を伸ばし、手さぐりで片方の靴を摑んだ――ランニングシューズだ。片手でボナーの首を持ち上げ、くさびのように靴を押しこんだ。

「オーケイ、やったわ。次はなに？」

「オーケイ、ここが大切だ——場所を見つけなければならない」

「なんの場所？」

「指を使って、首の前部に沿ってたどってくれ。輪状軟骨のあいだにある場所をさがすんだ。喉ぼとけは大きな輪状軟骨なんだ。その下にいき、次の輪状軟骨を見つけろ」

バラードは指示どおりに指を動かし、二番めの輪状軟骨を見つけた。

「見つけた、見つけたよ」

「オーケイ、輪状軟骨と輪状軟骨のあいだに柔らかい場所がある——ナイフはあるかい？　小さく切開するためにメスかナイフが必要だ」

バラードはベッド・テーブルに手を伸ばし、ひきだしを完全に引っ張りだした。それはボナーの頭の上の床に落ちた。バラードは引っ越してからそこに放りこんでいた細々としたものを手で掻《か》き分《わ》けた——あとでちゃんとした場所を見つけようと計画していた品々だ。制服を着ているときに携行している小型のブラッキー・コリンズ折り畳みナイフを見つけた。そのロックを押して、刃をひらいた。

「オーケイ、手に入れた。どこを切ればいい？」

「オーケイ、輪状軟骨同士のあいだで見つけた柔らかい箇所だ。軟部組織だ。そこを切開する必要がある。だけど、まず最初に、彼が呼吸していないのは確実だろうか？　もしやりたくないなら——」

「もう紫色なの、ギャレット。やらねばならないことだけ話して」

「オーケイ、小さな切開だ——軟骨のあいだの軟部組織に幅六ミリの切りこみを入れる。水平に。だけど、深くなりすぎないように。気管を突き破りたくはないだろう。一・三センチより深くならないように」

バラードは慎重に刃先を置いて、皮膚に押しこんだ。すぐに血が出てきて、ボナーの首の両側を流れて木の床に滴った。だが、出血は大量ではなく、バラードは、ボナーの心臓が停まりかけている兆候だと捉えた。

「オーケイ、切開した」

「オーケイ、空気を取り入れるためのチューブが要るんだが——」

「クソ、どんなチューブ？　思いつかない——」

バラードはボナーの首にナイフを当てて慎重に支えたまま、あいている手を伸ばして細々としたものが入っているひきだしを掻き回した。役に立ちそうなものはなにも見当たらなかった。

「持ってないか、プラスチック製のストローやペン、なんであれ空気を通しそうな

「いえ！　なにも持ってない！　神よ――」

バラードはあるものを思いだし、ベッド・テーブルのいちばん下のひきだしを急いであけた。数年まえサーフィンで肩を痛めたあと、バラードは冷水をゴム製のパックに送りこむ再循環ポンプを買った。そのパックを肩に当てて痛みや腫れを抑えられるようにするのだ。透明なプラスチック・チューブがポンプとパックをつないでいた。

そのポンプをひきだしから引っ張り上げ、床に置いた。

「オーケイ、見つけた。チューブを切断するために、首からナイフを抜いていい？」

「やってくれ」

「チューブの長さはどれくらい必要？」

「十五センチもあれば十分だ」

バラードはナイフを引き戻し、カミソリのように鋭い刃で、すばやく十五センチ分のチューブを切り取った。

「オーケイ、手に入れた。次にどうする？」

「一方の端を切開部に入れて、気道に通すんだ。二・五センチ以上は押しこまないで。たんに通すだけだ」

――」

バラードは指示されたとおりにして、チューブが切開部を通り抜け、気道に入ったのを感じた。

「オーケイ、入れた。これで呼吸をはじめるの、それともどうなるの？」

「いや、彼に呼吸をはじめさせなければならない。チューブに息を吹きこんでくれ。胸を確認し、それが持ち上がるのを確かめてくれ。あまり強く吹きこんじゃだめだ。優しく頼む」

バラードはボナーから飛びのき、彼の体の横に移動した。そっとチューブに息を吹きこむと、胸が持ち上がるのが見えた。

「オーケイ」バラードは言った。

「よし、胸に注目するんだ」シングルは言った。「自発呼吸をしているかどうか確かめてくれ」

「胸がへこんだ。それだけ」

「もう一度吹きこむんだ、もう一度」

バラードはその手続きを繰り返したが、成果はなかった。

「なにもない。もう一度やる」

「レスキューが到着するまで、代わりに呼吸してやらねばならないかもしれない」

バラードは再度息を吹きこみ、つぎにボナーの胸の形がよく見えるように低くかがみこんだ。空気がチューブから抜けると胸が沈むのが見えた。だが、次に自分でまた持ち上がった。

「たぶん……息をしていると思う。ええ、息をしているわ」

「よくやった、刑事さん。顔の色はどうなってる？」

バラードはボナーの顔を見た。紫色が徐々に薄くなってきつつあった。新鮮な血液が循環していた。

「良好よ。顔色が戻りつつある」

「オーケイ、次にやってもらいたいのは、その人の様子が見られるよう、FaceTimeでかけ直してくれ。できるかな？」

バラードは返事をせずに電話を切り、FaceTimeでかけ直した。呼びだしがつながるのを待っているあいだ、バラードはベッド・テーブルの上に手を伸ばし、手錠を摑んだ。片方の手錠をボナーの右手首にはめ、反対側の手錠を十五センチ離れたところにある金属製のベッドのフレームにはめた。

バラードはボナーを見おろした。彼は薄目をあけた状態で、意識がある兆候を見せていなかったが、呼吸しているのはまちがいなかった。バラードがボナーの首に挿しこんだチューブから低い口笛を吹いているような音がしていた。

シングルが呼びだしに応え、バラードは彼の顔を見た。どうやら彼は屋外にいるようで、背後に消防署の黄色い煉瓦《れんが》が見えた。

「怪我《けが》をしているぞ」シングルは言った。「大丈夫か？」

はじめて、バラードはあごから銃身が引き下ろされたときのことを思いだした。負傷箇所に手を持っていくと、血が出ているのがわかった。

「わたしは大丈夫」バラードは言った。「この男を見て」

バラードは床に倒れているボナーをシングルが見られるようにカメラを反転させた。サイレンが聞こえてきたが、それがこの電話の自分の側で鳴っているのか、シングルの側で鳴っているのか定かではなかった。

「彼が見える？」

「ああ。そうだな、よさそうだ。実際のところ、完璧そうだ。ちゃんと呼吸しているし、顔色もいい。レスキューは向かってるんだろ？」

「ええ、近づいているのが聞こえると思う」

「ああ、その音がする。近づいている。そいつは何者なんだい？　きみは手錠をかけたんだな？」

「目を覚ましたときに備えて、いまかけたところ。わたしが眠っていたところに、この男が侵入してきたの。こいつはわたしの銃でわたしを殺そうとしていた――たぶん自殺に見えるようにしようとして」

「ジーザス、なぜだ？」

「この男は殺人事件の容疑者なの。どういうわけか、わたしが調べていることと、わたしが住んでいるところを突き止めたのね」

「なんてこった！」

「まったく」

バラードはボナーが自分のことと捜査のことを知り得た手段を考えようとした。簡単な答えはデニス・ホイルだ。バラードはホイルをビビらせ、彼はそのお返しにボナーを送りつけた。それでバラードは思いついた――ボッシュもあの場にいたのだ。

「あのね、ギャレット、別の電話をかけないとならないの」バラードは言った。「協力してくれて心から感謝してるわ」

「助けるべきだったかどうかわからないよ、もしそいつがきみを殺そうとしていたのなら」シングルは言った。

バラードは笑みを浮かべた。

「だれかがわたしに言った言葉のなかでその言葉は最高に甘いものかもしれない。あとで連絡する」

「おれはここにいる。それからレネイ、きみが無事でよかった」

電話を切ってからバラードはすぐボッシュに電話をかけた。ボッシュは電話に出たが、彼の声にはストレスを示すものがなにもなかった。

「ハリー、大丈夫？」

「なぜそんな訊かれ方をするんだろう？」

「なぜなら、いましがたボナーがわたしを殺そうとしたから。彼はいまわたしのマンションの床に倒れている」

「住所を教えろ。いますぐ向かう」

「いいえ、制圧済み。だけど、あなたは大丈夫？　ひょっとしたら先にあなたのところにいったかもと思ったの」

「問題ない。きみは本当に無事なんだな？」

「ええ。あやうくボナーを殺すところだった。だけど、救急隊がもうすぐ来る。あなたは待機していて。でも、用意を整えていて。ここが片づいたら、ドクター・ホイルのところにお礼参りにいきたい」

「それに参加したいぞ」

バラードは電話を切った。サイレンが建物のまえでふいに消えたのがわかった。急いで作業しなければならない。バラードはしゃがみこんで、ボナーのズボンのポケットを調べはじめた。片方のポケットにコンビニで買える安物の使い捨て携帯があり、反対側のポケットにピッキングツール・セットが入った小型の革財布が見つかった——この部屋にボナーが侵入した手段だ。車の鍵やほかのものはなかった。

バラードはピッキングツール・セットを見つけたポケットに戻したが、携帯電話はベッド・テーブルのひきだしの細々したものの下に埋めた。宝石やその他の所持品のカシャカシャいう音にボナーが身じろぎした。バラードがひきだしから手を引くと同時に呼吸用チューブから空気が勢いよく漏れる比較的大きめの音がして、ボナーは目をあけた。ボナーは上体を起こそうとしたが、なにかがおかしいと感じてすぐに止めた。右手を動かそうとしたが、それはベッドのフレームに手錠でつながっていた。彼は左手を喉に持っていき、そこから突きでているチューブに気づいた。

「それを引き抜いたら、死ぬよ」バラードは言った。

ボナーはバラードを見た。

「わたしがあなたの気管を潰した」バラードは言った。「そのチューブを通して、あなたはいま呼吸をしている」

ボナーは目を動かして、部屋のなかと自分が置かれている状況を把握した。頭を動かすことなく、彼は下に視線を向け、手錠を見た。次にバラードを見た。バラードはボナーの目になにかが宿るのを見た。自分がどこにいて、自分の身にこれからなにが起こることになるのか理解したようだ。

一回のすばやい動きでボナーは手を伸ばし、呼吸用のチューブを引っこ抜いた。それをベッドを越えて、部屋の向こうへ投げ捨てた。ボナーはバラードをにらみつけたが、すぐに顔色が赤くなりはじめた。そのとき救急隊がドアを通って、部屋に入ってくる音をバラードは耳にした。

30

バラードはＦＩＤの事情聴取に入って何時間も経ってから、ボナーが死んだのが確実だと知った。ふたりの取調官は、ボナーが自分の首からチューブを抜いたと推測される――彼らの言葉であって、バラードの言った言葉ではない――あとで起こったことに焦点を絞っていた。

「いいですか、わたしがあの男の喉にチューブを差しこんで、命を救おうとし、そのあとでチューブを引っこ抜くなんてことをする理由がありますか？」バラードは訊いた。

「それをわれわれが突き止めようとしているんだ」サンダースンが答えた。

ジェラルド・〝サンディ〟・サンダースン警部が聴取責任者だった。彼はまた警察官による武力行使調査課《フォース・インヴェスティゲーション・ディヴィジョン》を率いる警察官でもあった――長年にわたって、問題のある発砲やチョークホールド、その他の許可されていない武力行使に関わった悪徳警官を掃除する仕事に携わってきた人物だ。現下の市警や世間からの圧力や政治問題で、どんな揉めごとでも巻きこまれたらアウトだというのが、一般警官のあいだですっかり信じられていた。その出来事の詳細は問題にされなかった。サンダースンは、市警の尖《とが》った角を紙やすりでこすり、万事なめらかにするためにそこにいた。それは、どの角度からも問題があると見られる行動をおこなった人間はだれでも追いだされかねないという意味だった。

バラードはそのことを聴取がはじまって二分で感じた。二時間ではなく。殺人事件の容疑者があきらかにバラードを尾行して、ピッキングを使ってバラードが眠っているあいだに彼女の住居に侵入した。バラードは自己防衛をし、その後、自分の手でなのかそうでないのかはともかく、犯人は死に、バラードは自分の背中を守るべきであるはずの人間たちによって窮地に追いこまれていた。世界は斜めに傾いた。バラードは久方ぶりに自分が職を失うかもしれない、と思った。そして久方ぶりにそれも悪くないかもしれないと思った。

事情聴取はロス・フェリズを管轄とするノースイースト分署の刑事部でおこなわれていた。これは決まりきった手続きだったが、それでもバラードは自分の署から、そしていっしょに働いている同僚たちから切り離されていると感じた。ある時点で、サンダースンの副官であるドウェイン・ハメル刑事がレコーダーの電池を入れ換えるため外に出た際、バラードはロビンスン＝レノルズ警部補が仕切りのない大部屋に立っているのを見た。それは一瞬バラードをホッとさせた。警部補がバラードの捜査について自分が知っていることを確かだと証言できるとバラードはわかっていたからだ。バラードはボナーのことを一度も話していなかったが、彼女がなにかに迫っている、と最後のブリーフィングで聞いて警部補はわかっていたはずだ。

バラードはボナーの襲撃で起こされて以来、時間を見ていなかった。自分がどれくらい眠っていたかわからないので、時刻の見当がつかなかった。携帯電話は取り上げられていた。ボナーが襲ってきたときと、レスキュー・ワゴン車であごの切り傷の手当を受けていたときは、日の光があった。だが、いま、バラードは窓のない取調室に、推定二時間はいた。

「ではもう一度、点と点をつないでみよう」サンダースンは言った。「きみは、クリストファー・ボナーを知らなかったし、以前に関わり合いを持ったこともないと言っている、そうだな？」

「ええ、そのとおりです」バラードは言った。「はじめて彼と会ったのは――もしそれを彼と会ったとおっしゃりたいのなら――わたしが目を覚まし、彼がわたしの上に乗っかって、わたしの銃をわたしの口のなかに突っこもうとしていたときです」

「では、どうして、あの男はきみが住んでいるところを知り、おそらくはきみのスケジュールを知り、きみが午後三時には眠っているだろうと知っていたのだ？」

サンダースンが質問で時間の目安について口を滑らせたことがバラードにはありがたかった。そこから、いまは午後六時から七時のあいだのいつかだろうと推定できた。だが、もっと重要なのは、ボナーがバラードの睡眠スケジュールをどうやって知っていたのかという質問だった。ホイルがバラードの名刺や短いやりとりから、彼女の配属や仕事のスケジュールを知る術はなかった。バラードは、そのことについてサンダースンへの答えで触れないことに決めた。

「この聴取で繰り返しお話ししているように」バラードは言った。「わたしは昨日、ハビエル・ラファの告別式でデニス・ホイルに質問をしようとしました。彼はあきらかに震え上がっていました。殺人事件の捜査で、最初の質問のひとつは、だれが利益を得るか、です。今回の事件でその答えはデニス・ホイルです。事情聴取しようとすると、彼は車に飛び乗って、走り去りました。彼はわたしと話をしたがらなかったのです。いま、わたしはホイルがボナーに連絡し、ボナーがわたしを追いかけてきた、と推測せざるをえません。それが点と点であり、それが結びつきです」

「それはさらなる捜査が必要になるだろうな」サンダースンは言った。

「そう願っています。わたしはこの件で、あるいはラファの件で、ホイルを逃がしたくありません」

「わかるよ、刑事。ちょっと待ってもらおうか」

サンダースンは椅子にもたれかかり、自分の脚を見おろした。バラードは彼が太ももに携帯電話を置いており、たぶんほかのＦＩＤ捜査員たちからショートメッセージを受け取っているのだろうと思っていた。バラードは、パートナーといっしょに勤務していたとき、おなじやり方をしていたものだった。それによってリアルタイムの情報と質問が得られた。

サンダースンは最新のメッセージを読み終えると、顔を起こして、バラードを見た。

「刑事、なぜハリー・ボッシュがきみの携帯電話に三十分おきに電話してきているんだ？」

バラードは聴取を受けているあいだ、ボッシュを完全に自分の話から省いていた。いま、どんな地雷も踏まないように慎重に答えなければならなかった。知るかぎりでは、二時間以上隔離されていることから、サンダースンのチームはボッシュにすでに事情聴取していて、サンダースンはその答えを知っているのだろう。バラードはボッシュがなにを言ったか、言いそうなのかわからなくても、ふたりの話が矛盾しないようにしなければならなかった。

「そうですね、おそらくご存知でしょうが、ハリーは元ロス市警の人間です」バラードは答えはじめた。「わたしは彼が担当していた古い捜査のいくつかに関係する過去の事件を抱えていました。それで、四、五年まえに彼と知り合い、彼はわたしにとって一種の精神的導師《メンター》の役割を果たしてくれるようになったんです。ですが、特に今回の事件の場合、わたしはラファの殺害を薬莢の検査を通じて別の事件と結びつけたと、さきほどお話ししました。その事件――被害者の名前はアルバート・リーです――は、十年まえにハリー・ボッシュが捜査していたものなのです。その結びつきを見つけると、わたしはボッシュに連絡して、事件に関して彼の頭脳を借り、この事件にあらゆる角度から情報を得ようとしたんです」

「で、きみは情報を得た？」

「はい、ボッシュからの情報により、わたしは利益を受ける人間をさらに見つけだすことができました。アルバート・リーの事件では、彼の商売と保険証券が、ひとりの歯科医に渡され、その歯科医はリーの商売を維持するための金を貸してくれていたのです。その歯科医は、別の事業をおこなっていたホイルとパートナーでした。ボッシュの協力でそうした結びつきをわたしは摑んだんです。ボナーが両方の事件で殺害を実行した容疑者になりました。ですが、ボナーは、だれかの指示でそれらの被害者を狙ったのだとわたしは思っています。わたしが狙われたのとおなじ方法で」

「歯科医たちによって」

「そのとおりです《ラジャー・ザット》」

バラードはすぐに首を振った。これを言うのを止めなければ。

「では、ボッシュと話をすれば、彼はおなじ話をするだろうか？」サンダースンは訊いた。

「もし彼が警部と話すとしたならば」バラードは言った。「彼はロス市警を良好な形で辞めたのではありません。ですから、幸運を祈ります」

「きみとボッシュのあいだにロマンチックな関係はなにもないんだな？」

「わたしが男性で、自分の事件との関係で引退した刑事に連絡をしたとしたら、そこにロマンチックな関係があるのかどうか、お訊きになりますか？」

「答えはノーと受け取った」

「好きなように受け取ればいいですが、わたしはそんなふうに質問に答えてはいません。ですが、これが録音されていてホッとしています」

サンダースンはバラードをにらみつけておとなしくさせようとしたが、バラードはひるまなかった。

「こちらからお訊ねしていいですか?」バラードは言った。

「いつだって訊いてくれればいい」サンダースンは言った。「答えるという約束はできないが」

「ボナーの車は見つかったんですか?」

「なぜそんなことを訊くんだね?」

「なぜなら、ボナーが車を運転していたのなら、わたしの住居の近所に駐車しただろうと思うからです。ポケットには、ピッキング道具以外なにも入れていなかったので、携帯電話や財布、ひょっとしてメモやほかのものが彼の車にあるのだろうとわたしは推測しています。わたしが調べているふたりの被害者を殺した銃もあるかもしれません。もしわたしがあなただったら、すぐに彼の車をさがしているでしょう」

「捜査はこの部屋の外で継続していることを請け合おう、刑事。そのことを心配するにはおよばんよ」

「よかった。マスコミはどうなんです? すでにこの件に勘づいていますか?」

「刑事、この部屋では質問するのはわたしだ。きみの携帯電話に繰り返し電話をかけてきている人物がもうひとりいるので、訊ねたい。ギャレット・シングルだ。現場での気管切開術を指導してくれた救急救命士だときみは言っていたな。彼はボッシュよりも頻繁に電話をかけてきている。なぜだ？」

「本人と話をしてみて、なぜなのか訊いてみるまで、本当のところはわかりませんが、推測するに、わたしが無事かどうか確認したいんでしょう」

「彼はきみのことを心配している」

「そうだと思います」

バラードはロマンチックな関係を問う質問に身構えたが、サンダースンはバラードを驚かせた。

「ありがとう、刑事」サンダースンは言った。「当面、きみから十分な情報を手に入れたと思う。われわれの捜査が完了するまで、われわれはきみを内勤扱いにする。しばらくは、この件についてマスコミと連絡を取ったり、話をしたりすることのないようにきみに警告する。もしマスコミの人間から接触があったら、こう言ってもらいたい――」

「ちょっと待って下さい」バラードは言った。「だれが事件を担当するんですか？

あなたとあなたのところのスタッフが、わたしがなにか悪いおこないをしたかどうか検討しているあいだ、捜査を放っておくわけにはいきません」

「わたしの理解では、事件はすでにウェスト方面隊殺人課に引き継がれたことになっている。彼らがここから引き受けるだろう。きみ自身の証言によって、われわれは自殺について話をしている。彼らはすぐにこの事件を片づけ、きみは仕事に戻れるはずだ」

「ボナーが自殺したことを話しているんじゃありません。ハビエル・ラファ事件とアルバート・リー事件の話をしています」

「繰り返すが、ウェスト方面隊がそちらも扱うだろう」

ここでおこなわれていることにはじめてバラードは気づいた。クリストファー・ボナーは、元ロス市警の人間で、イメージの問題が関わっているのだ。元ロス市警の警官が仕事を辞めるまえもあとでも殺し屋だったというのが大問題であるだけでなく、ボナーがまだ市警にコネがあるかどうかも不明だった。サンダースンの質問のおかげで、バラードはボナーがまだ持っているコネについて、ひとつの考えを摑んでいた。それに加えて、なくなっている殺人事件調書もあり、これはマスコミで爆発しそうなオクタン価の高いスキャンダルだった。すべてを小出しにするのが最良の対策だろう。そしてアルバート・リーとハビエル・ラファの殺人を結びつけ、両者を解決するのは、市警にとって不利益にしかならないはずだった。

「あなたがなにをするつもりかわかってる」バラードはうっかり口を滑らした。

「ほんとかね？」サンダースンは言った。「わたしはなにをするつもりなんだろう、刑事？」

「紙やすりをかけて掃除するんでしょう。いつもやっているように。この警察組織は心底腐ってる。われわれはもはや被害者を気にかけすらしなくなっているようね。市民ではなく、自分たちのイメージを守り、仕えている」

「御託は以上か、刑事？」

「ええ、はい、以上です。わたしの携帯電話はどこです？　わたしの銃は？　返していただきたい」

サンダースンはハメルを振り返った。副官は戻ってきており、ドアに背を向けて立っていた。

「彼女の警部補が携帯電話を持っています」副官は言った。

サンダースンはバラードに向き直った。

「携帯電話はきみの上司に確認してくれ」サンダースンは言った。「きみの武器はいま処理をしているところだ。適切な時期に返ってくるだろう。その間、武器庫から代替品を借りだせるよう、きみは上司に頼めばいい。まあ、当面、内勤になっているのだから、必要ないかもしれないが」

サンダースンはバラードが言い返すのを少し待った。バラードは言い返さなかった。

「では、ここの用事は済んだと思う」サンダースンは言った。

全員立ち上がった。FIDの人間がドアに近いところにいたので、バラードは彼らを先に出ていかせた。バラードが取調室から最後に出ていくと、ロビンスン＝レノルズが無人の大部屋で自分を待っているのに気づいた。開き窓から外が真っ暗になっているのが見えた。

警部補は、腕組みして寄りかかっていた机から体を起こした。

「レネイ、大丈夫か？」

「大丈夫です」

「きみを家まで送ろう」

「わたしの携帯電話をお持ちですね？」

「ああ。わたしに寄こした」

ロビンスン＝レノルズはスーツの上着のポケットに手を伸ばし、バラードの携帯電話を取りだした。バラードはどんな連絡が入っているのか画面を確かめた。五分まえ、ボッシュが再度バラードにかけてきていた。

ひとりきりになるまで、電話をかけなおすことはしないと決めたが、警部補に見られながら、バラードはすばやくボッシュにショートメッセージを送り、自分は大丈夫であり、半時間後に電話する、と伝えた。

十分後、バラードはロビンスン＝レノルズの車の助手席に座って、コモンウェルス・アヴェニューに入って、南へ向かうよう告げた。

「しばらくのあいだ、きみは荷物をまとめて、どこかほかのところに泊まっていたいんじゃないか」ロビンスン＝レノルズは言った。「友人の家か、もしホテルがいいなら、市警に費用を負担させる方法をさがしてみよう」

「いえ、大丈夫です」バラードは言った。

「ほんとかね？　きみの部屋はたぶんひどいことになっているぞ――鑑識の親切によって」

「大きなカウチがあります」

「わかった、レネイ」

「で、ウェスト方面隊はどうなります？」

「どうなるとは？」

「ロス・ベタニーが電話してきて、事件を引き継ぐと言いました。わたしは彼とあした会うことになっています」

「では、会うがいい。ベタニーが引き継ぐのに変わりはない」

「彼らがこれを調べるかどうかが、知りたいです。ボナーはロス市警の警官でした。サンダースンといっしょにあそこにいて、この事件がどこにもいかないだろうという印象を受けたんです。この事件を解決すれば、表に出ることになるから——ベテランのロス市警警察官が殺し屋になったことが」

「彼らが隠蔽すると本気で考えているのかね——殺人を？」

「二件の殺人です——少なくとも。そして、ええ、考えています。なぜなら発砲犯のボナーが死んでいるからです。サンダースンとしては事件は解決したことになっています。次のステップを踏み、殺しを命令した人間たちを追うのは、危険なんです。ボナー事件のあらゆる要素が転がり出て、市警はまたしても尻を蹴り上げられるでしょうから」

「考えすぎるな、バラード」

バラードはロビンスン＝レノルズが元に戻って自分をラストネームで呼んでいることに気づいた。

「考えすぎではありません」バラードは言った。「それがわれわれの生きているリアリティなんです」

「かもしれんな」ロビンスン＝レノルズは言った。「だが、それはウェスト方面隊のリアリティになるだろう。われわれのではなく。なので、お決まりの手順に従うんだ、バラード。事件をあちらに委ね、ミッドナイト・メン捜査に戻れ」

「了解《ラジャー・ザット》です」

バラードはその言葉を二度と口にすることはないだろうという諦めの口調で言った。

31

バラードは階段を使うため、中央の中庭を横切った。この建物のエレベーターがとても遅いためだった。だが、最初の段にさしかかるまえに名前を呼ばれたのが聞こえた。振り返ると、一階の住戸からひとりの男が外に出た。男はバラードに近づいてきた。週末に会った自転車乗りだったが、もうバラードは相手の名前を思いだせずにいた。

「どうも」バラードは言った。

「きょう、ここでとんでもないことが起こったそうね」男は言った。「まったく問題ない？」

「もうなにも問題ないですよ」

「つまり、男が忍びこんで、あなたを殺そうとしたと聞いたの」

「確かに。ですが、複雑な事情があり、警察が捜査しています」

「でも、あなたが警察でしょ」

「ええ、ですが、わたしがその事件を捜査しているわけじゃないので、その話はできないんです」

バラードは階段に戻りかけた。

「あたしたちはこの手のことに慣れていないの」マンション住民は言った。

バラードは振り返った。

「だったら、それはいいことですよ」バラードは言った。「わたしも慣れていません」

「まあ、あなたが新しく来た人だと知ってる」住民は言った。「この手のことが普通にならないことを祈ってるわ。管理組合理事長として、それを言っておかなきゃならないと思ったの」

「すみません、名前をもう一度教えてもらえます？」

「ネイトよ。まえに会ったでしょ――」

「駐車場でね、覚えてます。さて、ネイト、だれかがベッドの上で自分を殺そうとするのは、普通のことじゃないと思っています。ですが、その男は見ず知らずの人間で、それは住居侵入であったことをあなたは知っておくべきです。次回、管理組合の理事会がおこなわれるときに、あなたはこの建物のセキュリティを見直したくなるのではないか、とわたしは考えています。なんらかの方法で、男はここに侵入しました。管理組合がなにかの責任を負うのを目にするのは残念です。高くつくかもしれませんね」

ネイトの顔が青ざめた。

「ああ、そのとおりね」ネイトは言った。「あたしは、えーっと、建物のセキュリティを見直すための緊急理事会を招集するわ」

「けっこう」バラードは言った。「結果を教えて下さいね」

そう言ってバラードは背中を向け、ネイトはそれ以上なにも言わなかった。階段を一段飛ばしで上がると、自分の部屋の玄関ドアが捜査官たちによって施錠されずにそのままにされていたのに気づいた。典型的なロス市警の無能さだ。バラードは部屋に入ってから施錠し、急いで寝室まで移動した。この日の午後、ボナーの救助に奮闘するあいだにベッド・テーブルから引っ張りだした細々としたものを入れたひきだしは、まだ床の上にあった。取っ手には指紋採取用の粉が見えた。ひきだしを引っ掻きまわし、細々としたもののなかに埋めた使い捨て携帯を見つけた。それをひらいてみたところ、電源が切られているか、電池がなくなっているかのどちらかだった。

バラードは携帯電話をいじくり、オンオフ・ボタンをさがしたが、見つからなかった。0ボタンを親指で押しこんだが、なにも起こらない。つぎに1ボタンを押してみたところ、画面がようやく生き返った。いったん完全に立ち上がると、登録されている電話番号と履歴を調べにかかった。どちらもなかったが、メール・アプリにひとつだけメッセージがあり、きょうの午後四時三十分のタイムスタンプが入っており、818の市外局番から届いたものだった。たった一語だけだった――報告しろ。

「捕まえた」バラードは囁《ささや》いた。

バラードはしばらく携帯電話をじっと見つめながら、次の行動を考えた。注意深く、慎重におこなわねばならないのはわかっていた。もしこのメッセージに間違った返事を送れば、手がかりは風のなかの煙草《たばこ》の煙のように消え失せてしまうだろう。この電話をなんらかの形で使えば――メッセージを送るなり、電話をかけるなりすれば――バラードは証拠を改竄《かいざん》することになりかねない。バラードは待つことにして、携帯電話を畳んだ。キッチンに入っていき、携帯電話をジップロックの袋に入れて、封をした。自分の携帯電話を取りだすと、ボッシュに連絡した。

「ドライブに出かけない？」バラードは訊いた。

「いいとも」ボッシュは言った。「いつ？」

「いまから」

「うちまで来てくれ」

「これから向かう。それから、えーっと、銃が要るの。わたしの銃は調査中で、バックアップの銃は、分署のロッカーに入っている」

「問題ない」

バラードはなんの質問もせず、ためらいもしないボッシュの答え方が気に入った。

「オーケイ、すぐに会いにいく」バラードは言った。

32

駐車場から車を出し、バラードは自分の住んでいるブロックをぐるっとまわっていたところ、フーヴァー・ストリートで照明を設置して作業している科学捜査課チームを見つけた。バラードの住む建物の裏手のブロックだ。警察が委託している車庫から来た平台トラックが、黒いクライスラー３００の正面の位置につこうとしていた。一台のテーブルが事件現場照明の一灯の下に設置されており、バラードはクリップボードを手に、証拠記録と思しきものを書いている男の顔に見覚えがあった。バラードは路肩に車を寄せて停め、降りると、照明に近づいていった。

「リノ」バラードは声をかけた。

顔を上げたリノは、シンディ・カーペンターの家に出動要請をかけたバラードをはっきり覚えていた。

「バラード刑事」リノは言った。「大丈夫かい？　危機一髪だったそうだね」

「まさに」バラードは言った。「わたしの部屋も調べてくれたの？」

「ぼくがやった」

「クールね。で、これがクソ野郎の車？」

「そうだ、いまから指紋採取小屋に運ぶ」

「どこで車のキーは見つかった？」

「左のフロントタイヤに」

バラードはテーブルを見おろした。赤いテープで封印されている茶色い紙製の証拠保管袋が三つ載っていた。ひとつにはこの袋に入っているのが火器であることを示す、取り扱い注意のステッカーが貼られていた。バラードは昂奮《こうふん》を隠し、事情に通じているふりをしようとした。

バラードはその袋を指さした。

「それってP22？」

「そうだ。こいつもホイールウェルで見つかった。武器を隠すにはいい場所じゃないな。ぼくらはいつもそこを最初かその次にさがすんだ。ところで、聞くところによれば、元警官だったとか」

「弾薬はどうなっている？」

「その銃に入っていたものだけだった」

「レミントン？」

「そうだ」

「オーケイ、じゃあ、いい夜を」

「きみも」

バラードは自分の車に戻った。ボナーの車のホイールウェルで見つかった銃が、捜査で結びつけた二件の殺人事件で用いられたものであることにバラードは確信があった。

バラードはボッシュの家に向かって車を進め、ダッシュボードで時刻を確認した。ボッシュを拾って、十一時までにホイルの家にたどりつけると判断する。その遅い時間がバラードの有利に働くだろう。だれもそんな夜遅くに警官に自分の家をノックされたいとは思わない。

携帯電話が鳴り、見てみるとギャレット・シングルがかけてきていた。

「ハイ、ギャレット」

「レネイ、ハイ。大丈夫かい？」

「わたしは元気」

「それを聞いてホッとしたよ」

「協力してくれてありがとう。あなたに怒鳴っているように聞こえていたら、ごめんなさい」

「かまわない。だけど、あのさ、知っておいたほうがいいと思うんだけど、ＳＩＤの何人かの刑事がさっきここに来て、きみのことをおれに訊ねてきたんだ」

「ＦＩＤのこと？」

「あー、よくわからんが、そうかもしれない。壁の反対側にいるきみたちはあまりにたくさんの略語を使っている。まるでアルファベットのスープみたいだ」

「彼らにあなたはなにを言ったの？」

「あの男を助けるためにきみに協力したということと、それをきみとのFaceTimeでおこなったということだけさ」

　バラードはシングルが映像でボナーの首の気管切開の切開場所を確認できるよう、FaceTimeを利用したことをすっかり忘れていた。生きるか死ぬかの取っ組み合いのストレスとアドレナリンが落ち着いたあとで、あの瞬間は明晰《めいせき》さを失い、バラードは細部を忘れてしまっていた。自分自身のＦＩＤ聴取のあいだ、FaceTimeを使ったことに言及すらしなかった。この記憶の空白は理解しうるものだった――それはバラードが暴力事件の被害者との聞き取り調査を複数日にまたがって複数回するのを好んでいる理由だった。時間の経過とともに細部が戻ってくる様子を自分自身がいま経験していた。

「まあ、あれを記録しなかったのは残念極まりないわ」バラードが言った。

「あれ、実は、記録してるんだ」シングルは言った。「アプリを入れててね。もう一度見る必要がある場合に備えて、録画すべきだと思ったんだ」

「それを彼らに話した？」

「ああ、それを欲しがったよ」

「彼らにあなたの携帯を渡してやったと――待って、いま携帯で話しているよね」

「ビデオを送っただけさ。自分の携帯を渡すつもりはなかった」

「すばらしい、それをわたしにも送ってもらえるかな？　見てみたいの」

「いいとも。ほかには大丈夫かい？　つまり、ここに来たあの連中は、きみのことをやたらと訊いてきたんだ」

「わたしの知るかぎりでは、なにも問題ない。疑いは晴れた。だけど、わたしはまだ調べているの。つまり、報告書が届くまで、わたしはデスクワークをすることになっている」

「じゃあ、電話はここまでだな」

「あした話をしましょう、いい？　あしたには事態が沈静化していると思う」

「いいとも。ご安全に」

「あなたも」

バラードは電話を切った。捜査中の出来事の少なくとも最後の部分はビデオ記録が残っているとわかって、ホッとした。シングルが映像に捉えていたものがなんであれ、自分がＦＩＤに伝えた話を裏付けてくれるはずだとわかった。それ以上に、シングルが電話をかけてきてくれたことが嬉しかった。

バラードが駆る車の暗闇のなかでほほ笑みがその顔に浮かんでいた。

33

バラードがボッシュの家に到着するのが遅れたのは、分署に立ち寄り、麻薬対策チームの覆面車両を一台借りだし、ローヴァーを摑み、小道具のファイルをふたつほど作り上げるためだった。音声／映像記録機能付き麻薬売買囮《おとり》捜査車両と表示されたムスタングのキーを摑むと、バラードはその車をさがしに裏の駐車場へ向かった。リヴエラ警部補が自家用車のトランクをあけて立っているところに出くわした。彼は出勤したばかりのようだった。サンダースンとＦＩＤチームがボナー捜査の網を広範囲には投じていないだろうと推測して、バラードはリヴェラにみずから接触することにした。

バラードは鍵のかかったボックスから自分の銃を取りだそうとしているリヴェラのところにまっすぐ歩いていった。

「バラード、今夜は非番だと思っていたぞ」リヴェラは言った。

「非番ですが、昼勤の事件を調べているんです」バラードは言った。「あなたに訊きたいことがあります、警部補」

「どうぞ」

「昨夜、わたしはあなたにクリストファー・ボナーのことをうかがいました。そのあと、あなたはボナーに連絡をしましたか？」

リヴェラは銃をホルスターに入れるところを見せつけ、トランクを閉めることで時間を稼いだ。

「あー、連絡したかもしれないな」リヴェラは言った。「なぜそんな質問を？」

バラードはリヴェラが昼間眠りこけていて、なにがあったのか知らないだろうと推測した。

「なぜなら、きょう、ボナーはわたしのマンションに侵入して、わたしを殺そうとしたからです」バラードは言った。

「**なんだって！**」リヴェラは大きな声を上げた。

「なんらかの方法で彼はわたしが彼に迫っているのを知ってました。ですから、ありがとうございます、警部補。彼にわたしの住所を教えたのがあなたでないことを祈っています」

「ちょっと待った、バラード。わたしはそんなことをしていない。わたしは、何者かがおまえのことを訊いてたぞ、と伝えただけだ――友人であれば、だれもがするように。きみはあの男を調べているとわたしに言わなかった。事件であの男の名前が出てきたと言ったんだ。それだけだ。そしてわたしが彼に言ったのもそれだけだ。あいつが侵入しただと？　なんてこった、まさか――」

「彼は死にました」

「死んだ？」

「ええ。ＦＩＤの訪問があると予想しといたほうがいいですよ」

バラードはその場にリヴェラを残して、立ち去った。関連を摑んだのは気分がよかったが、それがすべてのブランクを埋めたわけではないとわかっていた。また、リヴエラにＦＩＤを投げつけたのは、虚仮威《こけおど》しにすぎないとも思っていた。サンダースンが、自分がすでに把握している以上に捜査を広げるとは思えなかった。

広大な駐車場で覆面車両を見つけるのに五分かかった。そののち、ウィルコックス・アヴェニューにある分署の向かいの市警専用のガソリンスタンドでガソリンを入れた。ようやくバラードは出発し、丘陵地帯とハリー・ボッシュの家を目指した。

さらに一時間が経って、バラードは、デニス・ホイルの自宅の正面に車を停めた。

隣にはボッシュが座っており、彼には十分に計画を説明していた。

「さて、いきましょう」バラードは言った。

ふたりは車を降り、その家に近づいた。玄関ドアの上に照明が灯っていたが、窓の大半は暗かった。バラードはドアベルを押し、ノックした。ホームセキュリティ・カメラをさがしてみたが、見当たらなかった。

さらにもう一度ノックして、ドアベルを鳴らしたところ、ようやくホイルが応じた。彼はジムパンツと胸にサーファーのシルエットが付いている長袖Tシャツを着ていた。手に携帯電話を持っている。

「あんたたちふたりか」ホイルは言った。「今度はいったいなんだ？　真夜中だぞ」

ホイルの顔には驚きの表情が浮かんでいたが、バラードは、それが深夜の訪問に驚いたのか、バラードが生きているという事実に驚いたのか、見わけることができなかった。

「遅い訪問だとわかっていますよ、ホイル先生」バラードは言った。「ですが、近所の人たちが見ている昼のどまんなかにこういうことが起こるのは望まれないのでは、と考えたんです」

「なにが？　わたしを逮捕するのか？　どんな容疑で？　わたしは寝てたんだぞ！」

レイトショーで働いていることで、バラードは睡眠が逮捕あるいは警察の質問に対するある種の防御手段であるという不条理な抗議を一度ならず耳にしていた。バラードは背中に手をまわし、上着の下のベルトから手錠を外した。それからホイルがバラードの手のなかにある手錠を見られるよう、それを持っている腕を下に下げた。古いトリックだったが、自分が逮捕されようとしているという思いこみを強めるだろう。

「あなたと話をする必要があります」バラードは言った。「ここで話すのもいいですし、ハリウッド分署で話すのもいいです。選んで下さい」

「わかった、ここで話そう」ホイルは言った。「ここで話したい」

ホイルは背を向け、家のなかを振り返った。

「だが、うちの家族が――」

「車のなかで話しましょう」

ホイルはまたためらった。

「前部座席で」バラードは言った。「話をしているかぎり、われわれはどこにもいきません」

ホイルを安心させるかのように、バラードは手錠をベルトに戻した。

「わたしのパートナーは車の外に留まります、いいですね？」バラードは付け加えた。「後部座席にはあまりスペースがないんです。ですので、あなたとわたしだけで話をすることになるでしょう。とてもプライベートな時間です」

「それでも」ホイルは言った。「薄気味悪いんだが」

「では、家のなかに入りましょう。だれかを起こさないように努めましょう」

「いや、いや、そちらの車で大丈夫だ。どこにもいかないかぎりは」

「お好きなときにいつでも出ていけますよ」

「じゃあ、わかった」

ボッシュの先導で石敷きの歩道を進み、よく手入れの行き届いた芝生を横切って、覆面車両まで来た。

「これは自前の車なのかね？」

「ええ、最初に謝っておきます。なかはちょっと汚れています」

ボッシュがホイルのため、助手席側のドアをあけ、ホイルはなかに入った。ボッシュはドアを閉め、バラードが車のうしろをまわって運転席側にいくのを見守った。ボッシュはうなずいた。計画どおりに進行だ。

「前方に留まっていてね」バラードは囁いた。

バラードは運転席のドアをあけ、なかに入った。ウインドシールド越しにボッシュが助手席側のフロント・フェンダーに寄りかかる位置を取るのをバラードは見た。

「刑事にしてはかなり年寄りに見えるんだが」ホイルが言った。

「LAで最高齢の刑事なんですよ」バラードは言った。「ですが、わたしがそんなことを言ったと告げ口しないで下さい。カンカンに怒るでしょうから」

「心配ご無用。なにも言わないよ。なぜきみたちふたりは刑事車両を持っていないんだ？」

「われわれに割り当てられた車はヒーターが動かないんです。なので、わたしの車を持ってきました。寒いですか？　寒いでしょうね」

バラードはイグニションにキーを差しこみ、アクセサリー電源に接続した。ダッシュボード・ライトが灯り、バラードはヒーター制御に手を伸ばした。

「もっと熱くしたいなら言って下さい」

「大丈夫だ。これを終わらせよう。あしたは早いんだ」

バラードはウインドシールド越しにボッシュの様子を再確認した。彼は腕組みをして、うつむいており、こういう決まり切った聴取にうんざりしている人間の態度を採用していた。ホイルは体をひねり、自宅の玄関ドアの窓を見た。あたかも、これを終わらせてなんとしてもあのドアを通って戻らねばならないと自分に言い聞かせているかのように。バラードはその隙を利用して、まえに身を乗りだし、ダッシュボードの下に手をやって、車の音声／映像記録システムを稼働させた。この車は麻薬取引の囮捜査を記録するためのカメラとマイクが三ヵ所に隠されていた。この瞬間から、車内で言われたり、おこなわれたりするすべてを捉え、トランクに設置されたレコーダーのチップにすべて記録することになるだろう。

「オーケイ、まず、標準的権利警告をあなたに伝えることからはじめなければなりません」バラードは言った。「あらゆる聴取で、たとえ相手が容疑者でなくとも、そうすることを市警は求めています。敵対的な法廷の裁定のせいで──」

「ちょっと待った、わけがわからん」ホイルが言った。「話をしたいだけと言ったんじゃないか。それなのにわたしの権利を伝えるだと？　そんなことは──」

「いいですか、聞いて下さい、わたしはたんにあなたに権利の警告を与え、それを理解しているかどうか訊ねるだけです。その時点で、あなたには選択肢があります──わたしと話すか、わたしと話さないか、まずそこからいきましょう」

ホイルは首を振り、ドアのハンドルに手を置いた。バラードは相手を失いかけているのがわかった。

バラードは自分の側の窓を下げるボタンを押した。ボッシュに声をかけると、ボッシュが車をまわりこんでやってきた。バラードは中央コンソールからローヴァーを掴んで、それをボッシュに差しだした。

「拘束者移送の車両が必要かもしれない」バラードは言った。「その手配をしてもらえる？」

「わかった」ボッシュは言った。

ボッシュは無線機に手を伸ばした。

「待った、待ってくれ」ホイルが言った。「ジーザス・クライスト、わかったよ、権利を読んでくれ。話をする。これを終わらせようじゃないか」

バラードは無線機を引っこめ、ボッシュはうなずいた。こうなるだろうと事前にふたりで考えていたようになっていた。

バラードは窓を上げ、ホイルのほうを向いた。記憶のなかから、バラードはホイルにミランダ警告を読み上げ、ホイルは自分の権利を理解したことと、彼女と話をすることに同意したことを認めた。

「オーケイ」バラードは言った。「話をしましょう」

「質問をしてくれ」ホイルは言った。

「あなたがきのう告別式でわたしたちと会ったあと、あなたはだれに連絡しましたか?」

「連絡だと？　わたしはだれにも連絡していない。車で家に帰った」

「わたしはあなたに名刺を渡しました。あなたがわたしのことを話した相手を知る必要があるんです」

「言ってるだろ、わたしはだれにも話していない」

ホイルはボッシュの耳に届くくらい声を上げた。ボッシュは肩越しにウインドシールドの向こうのバラードを見た。彼女はわずかにうなずいた。ボッシュは携帯電話を取りだし、電話をかけはじめた。フロント・フェンダーを押しやり、電話がつながるのを待ちながら車の前方に歩いていった。

「彼はだれに電話しているんだ?」ホイルが訊いた。

「わかりません」バラードは言った。「ですが、あなたは慎重に考えたほうがいいですよ、ホイル先生」

バラードは黙り、ボッシュを見つめた。ボッシュは携帯電話を耳に持っていき、すぐに降ろすと、呼びだしを終えた。バラードはまだホイルの手のなかにある携帯電話にチラッと目を走らせた。その画面は暗いままだった。ホイルは「報告しろ」メッセージをボナーに送ってはいなかった――少なくともいま手にしている携帯電話では。

バラードはだれがあのメッセージを送ったのか、いま考えざるをえなかった。

「なにを慎重に考えろというんだ？」ホイルが言った。

「これはあなたが下す決断があなたの残りの人生に影響を与える瞬間のひとつです」

バラードは言った。

ホイルはドアのほうを向き、またしてもハンドルに手を伸ばした。

「きみはわたしを脅している。出ていく」

「あなたが出たら、次にあなたがわたしと会うときは、わたしが令状を持ってあなたの家のドアを蹴り破り、近所の人たちのまえでそこからあなたを引きずりだすときですよ」

ホイルはバラードを振り向いた。

「**なにが望みなんだ？**」

「わたしが望んでいるものをご存知のはずです。告別式でお会いしたあと、あなたはだれに連絡したんですか？」

「だれにも連絡してない！」

バラードは車の後部座席に手を伸ばしはじめた。

「見てもらいたいものがあります、先生」

バラードは後部座席の床から分厚い一冊のファイルを引っ張って、膝の上に置いた。

「アルバート・リーとジョン・ウイリアム・ジェイムズ以来、われわれがずっとあなたに注目していたことを知ってもらいたいんです」

「わたしのなににだ？」

「すべてにです。事業者向け高利貸し、保険金詐欺、あなたとご友人たちが設立した会社、殺人事件……」

「ああ、神さま、こんなことありえん」

「ありえるんです。そして、それがあなたがここで選択しなければならない理由です。協力するか、妨害するか。なぜなら、あなたがわたしに協力してくれないなら、わたしは次の共同経営者のところに向かいます。もしその人が協力してくれないなら、その次の人に向かいます。だれかが賢明な判断をするか、賢明になるでしょう。そして、そうなれば、ほかの人にとっては手遅れです。大陪審のまえにひとりの内部協力者がいればいい。それはあなたになるだろうと思っていましたが、別にそうでなくてもかまわないんです」

一瞬、ホイルはまえに身を乗りだし、バラードは彼が自分の席のまえの床に吐くのではないかと思った。だが、彼は体を起こした。目をつむったまま、みじめさを顔全体に浮かべていた。

「みんなジェイスンのせいだ」ホイルは言った。「やらなければよかったのに……」

「ジェイスン・アボットですか？」バラードは訊いた。

「いや、わたしを守ってくれると約束するまで、なにも言わないぞ。あいつが自分の手下をわたしに送りこんでくる！」

「あなたを保護できます。ですが、いまは、わたしが必要としているものを渡してもらわねばなりません。告別式のあと、あなたはだれにわたしのことを話しましたか？これが質問その一です」

「わかった、わかった。わたしはジェイスンに話した。警官たちに詰め寄られたと話したんだ。そもそもあんなところにいったのが悪いとジェイスンはわたしに怒鳴った」

「クリストファー・ボナーが何者なのかご存知ですか？」

「いや、知らん」

「あなたとほかの人たちが金を貸す相手をだれが見つけたんですか？」

「ジェイスンにだれかがいた。わたしはけっして関わらなかった」

「あなたは知らなかったというんですね、彼が彼らを――」

「知らん！　けっして。彼がやるまでそんなことをなにも知らなかったんだ。そして、もう手遅れだった。ほかから見たらわたしは有罪だ。われわれみんながそうだ」

「で、あなたは唯々《いい》諾々《だくだく》と従った」

「選択の余地がなかったんだ。わからないか？　わたしは殺されたくなかった。J・Wの身に起こったことを見てみろ」

「ジョン・ウイリアム・ジェイムズ」

「そうだ。彼はジェイスンに『もうこれ以上付き合えない』と言ったんだ。そのあと彼の身に起こったことを見てみろ」

「ジェイムズの奥さんはどうなんです？　彼女はこの企《たくら》みに加わっていたんですか？」

「いや、いや、いや――彼女はなにも知らない」

「何回ありました？」

「なにが何回だね？」

「わたしがなにを訊いているのかおわかりでしょう。ファクタリングがだれかの死につながったのは何回ですか？」

ホイルは恥ずかしさのあまりうつむき、目をつむった。

「一度でもわたしに嘘をつけば、わたしはもうあなたを助けません」バラードは言った。

「六回だ」ホイルは言った。「いや、七回だな。ハビエル・ラファがナンバー7だ」

「ジェイムズを含め？」

「そうだ。そうだ」

バラードはウインドシールド越しにボッシュを見た。彼はずっとこちらを見ていた。見てはいるが、ホイルの話は聞こえていなかった。ボッシュと視線をからめ、バラードはうなずいた。必要としているものをバラードは手に入れたのだ。ホイルの証言はビデオに録画された。

「さあ、家に戻って下さい、先生」バラードは言った。「このことを誰にも言ってはなりません。もし言ったら、わたしにはわかるでしょうし、わたしはあなたを忘れます」

「オーケイ」ホイルは言った。「だけど、わたしはどうしたらいいんだ？」

「待つだけでいい。ベタニーという名の刑事から連絡があるでしょう。ロス・ベタニー。彼があなたのすべきことを話します」

「わかった」

「もう降りていいですよ」

ボッシュは魔法瓶にコーヒーを入れて持参していた。バラードが迎えに来たとき、ボッシュはその魔法瓶と持ち帰り用カップ二個を持って出てきた。張りこみをすることにはならないと思うとバラードは言ったのだが、ボッシュは、わかるもんじゃない、と答えた。

ボッシュはバラードにとって、ずっとある種の殺人事件捜査の教祖みたいなものだった。刑事部屋でボッシュがファイルを漁《あさ》っているところを見咎《みとが》めたあの夜以来ずっと――ボッシュが引退したずっとあとでのことだが。智慧《ちえ》なのか経験なのか、それとも経験が智慧をもたらしたのかわからないが、ボッシュがけっしてたんなる応援の人間ではないとバラードにはわかっていた。彼はバラードの頼みの綱であり、彼を信頼していた。

34

ジェイスン・アボットの家にたどりついたときは一時をまわっていた。その家は暗く、繰り返しドアをノックしてもだれも出てこなかった。身の回りに迫っているものを悟って、逃亡したのかどうか、ふたりは話し合った。だが、既知の事実とそれは合致していなかった。ボナーが死んだことを知った可能性はあるかもしれないが、バラードの部屋で自殺した男の身元が判明していない以上、それは拡大解釈だった。バラードが相手をボナーとわかったのは、その顔に見覚えがあったからだ。だが、彼の身元は、指紋やほかの手段で確認されるまで検屍局から公表されるはずがなかった。せいぜいのところ、アボットはボナーが行方不明になっていることしか知らないだろう、とバラードは思った。ヒットマンは、ショートメッセージに返信してこず、ほかの方法でも連絡してきていない。アボットはバラードの家の近所を車で巡回して、警察の活動を目撃したかもしれなかったが、それでも逃亡に値するほどの十分な情報を手に入れた可能性は低く思えた。全体像を摑んでいるのはバラードだけであり、それをボッシュ以外のだれともわかちあっていなかった。

しばらく留まって、アボットの帰宅を待とうということにふたりは決めた。そこで魔法瓶のコーヒーの出番だった。

「どうしてここに行きつくことになるってわかったの――一晩じゅうかかるかもしれないって？」バラードは訊いた。

「わかるものか」ボッシュは言った。「たんに念には念を入れて用意していただけだ」

「あなたってまるでウォンボーの本に出てくるあの男みたいね。ジ・オリジナル。いえ、ジ・オラクルだ。あらゆることをすでに二度見たことから神託《ジ・オラクル》を与えてくれる人と呼ばれていた」

「唯一無二《ジ・オリジナル》の人のほうがいいな」

「ハリー・ボッシュ。ジ・オリジナル。すてきね」

ボッシュは後部座席に置いてある魔法瓶に手を伸ばした。

「辞めようと思ったことはないの？」バラードは訊いた。

「辞めるとき、すべてが止まると思ってるんだろうな」ボッシュは言った。

ボッシュはダッシュボードにふたつのカップを置き、注ぐ用意をした。

「少し飲むかい？」

「ええ。でも、眠たいなら眠っていいよ。いまはわたしの通常の勤務時間なので、わたしは大丈夫」

「暗闇の時間帯《ダーク・アワーズ》は、きみのものだ」

「そのとおり」

ボッシュはブラックコーヒーを入れたカップをバラードに渡した。

「熱いぞ」ボッシュは警告した。

「ありがと」バラードはそう言って、受け取った。「でも、ほんとよ。ボナーに起こされるまでぐっすり眠っていた。一杯飲めば、一晩じゅう起きていられる。寝てちょうだい」

「いずれわかる。少なくともしばらくはきみにつきあう。この車はどうなんだ？　麻薬取締の連中は朝には必要とするんじゃないのか？」

「一年まえに訊かれたら、答えは……そうね、そもそもこの車を使えるはずがなかったでしょう。だけど、いまは、ポスト・ジョージ・フロイドの時代で、Ｃｏｖｉｄにずっぽりはまりこみ、市警の予算削減やらなにやらあったあとでは？　だれもなにもしようとしていない。わたしはこの車を借りるのに頼みすらしなかった。なくなったところでだれも残念に思わないだろうから、たんに乗っていっただけ」

「そこまでひどいとは知らなかった」

「おおぜいの人間がそのことをメールで伝えている。犯罪は増えているけど、検挙数は減っている。それにおおぜいの人が辞めている。正直な話、わたしも辞めることを考えているの、ハリー。パートナーが必要だと思ってる？」

バラードは笑いながら言ったが、多くの意味で真剣だった。

「いつでもどうぞ――定期的な小切手が必要でないかぎり。まだ、年金をもらうには勤続年数が足りないだろ？」

「ええ、でも、少なくともいままで基金に注ぎこんだお金は取り返せる。またビーチで寝るのに戻れるかもしれない」

「あらたに犬を飼う必要があるだろう」

バラードは笑みを浮かべ、ピントのことを思い浮かべた。もうすぐ会うことになっている犬だ。だけど、あの子は番犬には向かないだろう。

「とはいえ」ボッシュは言った。「組織はなかなか変えるほうが簡単なのがつねだ。市井の抗議ではそうはいかない」

「わたしに幹部の資質があると思う？」バラードは訊いた。「もしなにか変えようとするなら、十階の住人にならないと」

「かならずしもその必要はない。いい戦いをすれば気づかれるとおれはずっと思っていた。そして次の人間がおなじことをしてくれるかもしれない、と。正しいことを」

「もうそういう市警じゃなくなっていると思う」

バラードは熱いコーヒーに口を付け、このブレンドがあの味だとすぐにわかった。バラードは乾杯するかのようにカップを掲げ持った。

「どこでこれを手に入れてるの？」バラードは訊いた。

「娘だ」ボッシュが言った。「いろいろ試していて、それからおれにまわしてくる。こいつにははまった。気に入ってるよ」

「わたしも。マディはすばらしい味覚の持ち主ね。ボーイフレンドができたんですって？」

「ああ、いっしょに住んでる。実を言うと、きみのそばに。まだいったことはないんだが。招待されていないんだ」

「どのあたり？」

「フランクリン・アヴェニューを東に向かい、シェイクスピア橋を過ぎたらすぐ左折してセント・ジョージ・ストリートに入る。ロウィーナ貯水池のそばだ」

「だけど、一度もいったことがないといま言ったばかりでは」

「まあ、ほら、確認しないといけなかったんだ。なかには入っていないぞ——そういう意味では」

「親ばかだなあ。相手はどんな人？　心配してる？」

「いや、いい子だ。大道具係として映画産業で働いている」

「それって組合仕事？」

「そうだ。国際映画劇場労働組合第三十三支部。彼は懸命に働いているが、マディがポリス・アカデミーに通っているいま、ふたりの収入は彼の稼ぎしかない。彼にとって去年は仕事が少なかったんだが、いまは新しい仕事が入ってきつつある。ふたりが凌《しの》げるように多少の援助はしたよ」

「ふたりのためにその場所をあなたが借りてあげたんでしょ？」

「まあ、ふたりにスタートを切らせたという意味では、そうだな」

「親ばかだなあ」

「確かにそうだな。最近は自分がますますじじいになった気がしている」

「やめてよ。まだ取り組まなきゃいけないことがたくさんあるでしょ、ハリー」

「パートナーを雇うならがんばらないとな」

バラードは笑みを浮かべ、ふたりは心安い沈黙状態になった。だが、そのとき、バラードはボッシュの娘が入るための訓練を受けている市警を酷評したことに気がとがめた。

「さっき市警についてあれこれ言ってごめんなさい」バラードは言った。「ただの周期みたいなもの。そしてマディがアカデミーを卒業するときには、彼女は新しいロス市警の一員になるでしょう」

「そう願いたい」ボッシュは言った。

ふたりはまた黙りこみ、しばらくするとバラードはボッシュの規則正しい息遣いを耳にした。そちらを見る。ボッシュはあごを落として眠っていた。まだ、空のカップを持ったままでいた。それはみごとな技術だった。

バラードは携帯電話を取りだし、メッセージを確認した。ギャレット・シングルが、現場での気管切開の際、ボナーに正しく挿管されているかどうか確認するためにFaceTimeでかけさせたときの録画を電子メールで送ってきていた。バラードは携帯電話の音量をゼロにして、その動画を見はじめたが、自分がボナーを見たくないのに気づいて再生を止めた。

その代わりに携帯電話のブラウザを起《た》ち上《あ》げ、ワグズ・アンド・ウォークスのウェブサイトに向かった。もうすぐ会うことになっているピントのページにいく。保護施設で撮影された何枚かのピントの写真が掲載されていた。

一本のショートビデオでは、ピントの世話係の人たちとの交わりを撮影していた。ピントは優しく、喜ばせたがっているように見えたが、警戒心が強く、過去の経験で傷ついているようにも見えた。それでもバラードはピントに好感触を抱いていた。会って、家に連れ帰るのが待ちきれなかった。

ビデオを閉じると同時にピーンという音が聞こえた。最初、それがボッシュの携帯電話から発せられたと思った。だが、また、おなじ音が鳴り、バラードはそれが上着のポケットにいれたままのジップロックに入ったボナーの使い捨て携帯から聞こえてくるのを悟った。バラードは袋を取りだし、ビニール袋から出さないようにして、折り畳み式の電話をどうにかひらいた。

メッセージはたったの三文字だった――ＷＴＦ？（What the Fuck? の頭文字を取ったスラング。この場合は、「どうなってる?」「どうした?」の意味）

バラードはボッシュを見た。まだうつむいて、眠っていた。バラードはメッセージを返し、ボナーに連絡してきた相手となんとか会えるように誘いこみたかった。いまここでボッシュの助言を利用できるのだが――メッセージに返信するのは法的考慮が必要だった――彼を起こしたくなかった。

使い捨て携帯を見ていると、バッテリーが切れかけており、充電ポートはｉＰｈｏｎｅの充電器と合いそうに見えなかった。充電しないかぎり、すぐにこの携帯電話は役に立たなくなるだろう。

衝動的にバラードは使い捨て携帯に返信のメッセージを入力しはじめた。

ややこしい事態。ラボで会おう。

バラードが待っていると、一分もしないうちに携帯電話にさきほどメッセージを送った番号から電話がかかってきた。バラードはその電話に出ず、新しいメッセージを送った。

話せない。移動中。

すぐにメッセージが返ってきた。

ややこしい事態とはなんだ?

バラードはすぐに返信した。

クラウンで話す。YかNか?

一分以上かかってから――

いつだ？

すぐさま、バラードは入力した。

いますぐ。ゲートをあけたままにしといてくれ。

バラードは返信を待ったが、返ってこなかった。ミーティングが設定されたのだろうと推測せざるをえない。バラードはムスタングのキーをひねり、ボッシュを見た。エンジンの低い音がボッシュを眠りから引き戻しつつあった。ボッシュは目をあけた。

「動くわ」バラードが言った。「クラウン・ラボでのミーティングを設定した」

「だれと？」ボッシュが訊いた。

「まだわからない」

35

クラウン・ラボの防犯ゲートは指示どおり、あいたままだった。バラードとボッシュが到着したとき、駐車場には一台の車しか停まっていなかった。テスラのモデルＳで、２ＴＨ ＤＯＣ（トゥース・ドックで「歯科医」の意味）のヴァニティープレートが付いていた。バラードはその車が出ていけないようにすぐうしろに自分の車を停めた。

「ホイルが真実を話していたかどうか確かめましょう」バラードは言った。

バラードはローヴァーを充電器から引き抜き、通信センターに連絡して、目のまえの車のプレートナンバーを調べさせた。会社に登録されている車だった。その車は２ｔｈ－Ｄｏｃ有限会社が所有していた。

「その会社はこのラボの所有権を追跡していたときに出てきた会社のひとつだ」ボッシュが言った。「ジェイスン・アボットがＣＥＯだ」

「ほらね」バラードは言った。

ふたりは車を降り、戯画化された歯が描かれているドアに近づいた。バラードは自分たちがバーバンク空港の航路の下にいるのがわかった。この時間に飛行している機体はなかったが、空気中にはかすかにジェット燃料のにおいが漂っていた。

バラードは屋根の輪郭を確認し、建物の正面の角とドアの上に防犯カメラが設置されているのを心に留めた。自分たちが到着したのがなかにいる人間に気づかれずに済むことはないだろう。

ドアはロックされていなかった。バラードはドアをあけ、先になかに入り、ボッシュがすぐあとにつづいた。ふたりは無人の小さな受付エリアに入った。ラボの備品の受け取り用の場所のようで、人の受付の場所ではないようだった。音はまったくしなかった。

バラードはボッシュを見た。ボッシュは受付カウンターのうしろの暗くなった廊下に向かってうなずいた。バラードはボッシュから貸してもらった銃をベルト・ホルスターから抜き、脇に下ろして、カウンターをまわりこんだ。

廊下の天井の照明は消えていたが、それを点灯するためのスイッチは壁に見当たらなかった。何枚かあいているドアがあり、その先は暗くなったスペースになっていて、廊下の突き当たり近くの左手に明かりの灯った出入口があった。バラードはゆっくりと最初の戸口にさしかかった。室内に手を伸ばし、内側の壁の照明スイッチがあると思しき場所をまさぐった。スイッチを見つけオンにすると天井の照明が灯り、その部屋が広めのラボであるのがわかった。何ヵ所も作業スペースがあり、歯科用インプラントや被せ物を製作するためのさまざまな機材や備品が置かれていた。

バラードは廊下に沿って移動し、徐々に自分たちが危険な場所に身をさらしていることを自覚した。

「ロス市警です」バラードは声を張り上げた。「ジェイスン・アボット、姿を見せなさい」

長い沈黙のあとに、廊下の突き当たりからくぐもった悲鳴のような音が聞こえた。

バラードは明かりが点《つ》いているドアに向かってすばやく歩を進めながら、銃を両手で構えた。

「**ロス市警よ！**」バラードは叫んだ。「**いまから入る！**」

バラードは低くしゃがみながら、ドアを通った。すぐうしろにボッシュの足音が聞こえた。

ふたりは広いオフィスに入った。左側にシッティングエリアがあり、右側に机があった。そのあいだにひとりの男が椅子に座っていた。白い布を口に突っこまれて、なかば猿ぐつわをかまされたようになっており、そのうえから後頭部にかけて巻きつけられたプラスチック製の結束バンドで動かないように留められていた。また、手首を結束バンドで椅子のアームにくくられており、さらに足首を椅子の脚にくくられていた。

バラードはほかにだれもこの場にいないことを確認するため、銃の狙いをつけたまま室内に目を走らせた。また、机の奥の右側にある狭いバスルームをあいているドア越しに確認した。そののち、武器をホルスターに収め、部屋の中央に戻った。

「ハリー？　あなたは――」

「了解だ」

ボッシュはまえに進みでて、ポケットから引きだしていたナイフをひらいた。まず猿ぐつわにとりかかり、男のあごにかかっていた結束バンドを切断して、引き抜いた。そののち、男の口から布を抜いて、床に放った。バラードはそれがハンドタオルであることを心に留めた。バスルームから持ってきたもののようだ。

「ああ、よかった」男は言った。「あいつが戻ってきたのかと思ったんだ」

ボッシュは男の手首と足首の拘束具にとりかかっていた。

「あなたはだれ？」バラードが訊いた。「ここでなにがあったの？」

「わたしはジェイスン・アボットだ」男は言った。「ドクター・ジェイスン・アボット。助かったよ」

アボットはブルージーンズとライトブルーのボタンダウン・シャツを着ていた。シャツの裾は外に出していた。結束バンドが頬に痕を付けていた。ふさふさの黒い巻き毛の下に赤ら顔と青い目があった。

手首が解放されると、アボットはすぐに手首をなでさすって血流を恢復《かいふく》させようとした。

「なにがあったの？」バラードは繰り返した。「だれにこんなことをされたの？」

「男だ」アボットは言った。「名前はクリストファー・ボナー。元警官だ。そいつがわたしを縛りつけた」

アボットの足首の結束バンドを切るためしゃがんでいたボッシュは、立ち上がり、うしろに下がった。アボットは手を伸ばして、足首をこすりはじめた。その行動は大げさだったが、やがてふらふらと立ち上がって、数歩歩いてみようとした。すぐに両手を伸ばして、机のまえに手をついて体を支えた。

「脚の感覚がない」アボットは言った。「その椅子に何時間も縛りつけられていたんだ」

「アボット先生、こちらのカウチに座って下さい」バラードは言った。「なにが起こったのか正確に話してもらう必要があります」

バラードはアボットの腕を支えて、机からカウチへおぼつかない足取りで移動するのを助け、歯科医はカウチに腰を下ろした。

「ボナーがここにやってきて、わたしを縛りつけたんだ」アボットは言った。

「それはいつのことですか？」バラードは訊いた。

「二時ごろだ。ボナーはやってきた。銃を持って。そのため、そのプラスチックの紐《ひも》でおとなしくくくりつけられるしかなかった。選択の余地はなかった」

「二時というのは午前ですか午後ですか？」

「午後二時だ。十二時間まえみたいだ。ところで、いま何時かね？」

「午前四時を過ぎています」

「なんてこった。わたしはあの椅子に十四時間も縛られていたのか」

「なぜ彼はあなたを縛ったんです？」

「なぜなら、わたしを殺す気だったからだと思う。なにかの用事をするためいかなければならないと言っていた。あいつはその用事を済ませた時点でアリバイのないわたしを生かしておきたかったんだ。そのあとあいつは戻ってきて、わたしがそれをしたように見せかけるつもりだった。あいつはわたしを殺し、自殺かなにかのように見せかけ、罪をわたしに着せようとするつもりなんだろう」

「彼はそうしたことをすべてあなたに話したんですか？」

「絵空事に聞こえるかもしれないが、事実なんだ。あいつはわたしになにもかも話したりはしなかった。だが、ここに十四時間座っていて、考えをまとめたんだ。つまり、ほかにどんな理由があって、わたしを縛って、ここに置いておくというんだ？」

バラードはアボットに話をつづけさせればさせるほど、彼の話は信憑性を失い、話の瑕疵《かし》が現れるだろうとわかっていた。

「彼が出かけて、やらなければならなかったことというのは、なんなんでしょう？」

バラードは訊いた。

「わからん」アボットは言った。「だけど、あの男はだれかを殺しにいったんだろう。あいつのやってることはそれだ」

「あなたはどうしてそれを知っているのですか？」

「あいつがわたしに話したからだ。あいつはずっとわたしを脅迫していた。脅かして、いろんなことをやらせようとした。そして、それはわたしだけじゃなかった。われわれみんながそうだ」

「われわれみんなというのはだれなんですか、アボット先生？」

「わたしの共同経営者たちだ。このラボには共同経営者がいるんだが、ボナーが強引に割りこんできて、牛耳った。つまり、あいつは元警官だったんだ。われわれは怯《おび》えた。言われたことをやった」

アボットはボナーが死んだことを知らないんだろう、とバラードは推測するほかなかった。だが、バラードとボッシュをラボの屋外カメラで目にして、〝ややこしい事態〟とメッセージで告げてきたのがボナーではなかったと推論したとき、ボナーに責任を被《かぶ》せようとするのは、アボットに考えつくいちばんましな策略だったのだろう。

「では、これはボナーの側のなんらかのマスタープランなのだとあなたはお考えなんですね？」バラードは訊いた。

「わからん」アボットは言った。「あいつに訊いてくれ。もしあいつを見つけられるなら」

「あるいは、とっさの思いつきでしょうか？」

「わからんとすでに答えたぞ」

「なぜなら、あなたを椅子に縛りつけていた結束バンドが、廊下に沿ったラボから持ってきたものだと気づいたからです。わたしはそこの床に何本か落ちているのを見ました」

「ああ、じゃあ、ここに戻ってくる途中で、あいつは適当に摑んだんだな」

「だれが彼をこの建物に通したんです？」

「わたしだ。きょうはラボを閉めていたんだ——祝日の週末に休日を一日追加したんだ。わたしはここにひとりでいて、仕事の遅れを取り戻そうとしていたところ、あの男がゲートのところでブザーを鳴らした。あいつがなにをするつもりだったのか、わたしにはわからなかった。わたしはあの男をなかに入れてやった」

バラードはカウチに一歩近づいた。

「あなたの手首を見せて下さい」バラードは言った。

「なんだって？」アボットは甲高い声を上げた。「わたしを逮捕するのか？　なんの容疑で？」

「あなたの手首が見たいんです」バラードは冷静に言った。

「ああ、そうか」アボットは答えた。

アボットは両手をまえに突きだし、シャツのカフスの下から手首を覗かせた。バラードは、もしアボットが主張しているように長時間縛られていた場合に残るはずの傷あるいはいかなる痕もないのがわかった。バラードはかつて結束バンドで縛られた経験があり、手首がどんな状態になるのか知っていた。

「あなたはどうしてわたしの名前を訊ねないんですか？」バラードは訊いた。

「あー、わからない」アボットは言った。「どこかの時点で言ってくれるだろうとたんに思っていたからなんだろう」

「わたしはバラードです。あなたがボナーを送りつけ、殺させようとした相手です」

アボットがバラードの言葉を認識したとき、一瞬すべてが停止し、音が消えた。

「待ってくれ」アボットは言った。「なんの話をしてるんだ？　わたしはどこにもだれかを送りつけたりはしていない」

「いいですか、アボット先生、ここにある全部のもの、ハンドタオルや結束バンドは、あなたが自分でしたことです」バラードは言った。「あなたに残っている時間でやったにしては、悪くないトライでしたが、だれも騙《だま》すことはできません――」

「きみは頭がおかしいのか？　ボナーがわたしを縛りつけたんだ。もし彼がきみを殺そうとしていたのなら、それは彼が自分の意思でやったことだ。そして、あの男はその件でわたしに濡《ぬ》れ衣《ぎぬ》を着せようとするだろう。われわれは両方とも被害者なんだ」

バラードはアボットがどうやったのか思い描くことができた。最初に猿ぐつわだ。歯を噛《か》みしめることができるように緩めておく。バラードはボッシュが猿ぐつわを切断しようと近づいたとき、それがひどく緩いことに注目していた。

足首を椅子の脚にくくりつけるのが次に来る。それから椅子のアームの一本にゆるいループ状にして結束バンドをかけておく。それから反対のアームに手首を縛りつけ、最後に自由なほうの手を緩いループに通してから、歯で引っ張ってきつくしめたのだ。バラードはボッシュをチラッと見て、彼がおなじ考えでいるかどうか確認したところ、ボッシュはかすかにうなずいた。バラードはアボットに視線を戻した。

「わたしならその椅子に座って、あなたみたいに自分を縛りつけるまで二分でできます」バラードは言った。「あなたの話は、デタラメです、ドクター・アボット」

「そっちこそ考え違いをしている。わたしのほうが被害者なのだ」

「携帯電話はどこにあります？」

「携帯電話？」

「ええ、あなたのセルホンです。どこにあります？」

バラードは相手の目と反応を見て、アボットが重大な見落としをしてしまったと悟ったのがわかった。自分の話に傷があるのだ、と。彼の計画にぬかりがあったのだ。

「机の上にある」アボットは言った。

バラードはチラッと目を走らせ、机にｉＰｈｏｎｅがあるのを見た。

「使い捨て携帯はどうなってます？」バラードは訊いた。

「使い捨て携帯？」アボットは言った。「使い捨て携帯など持っていない」

バラードはボッシュを見て、うなずいた。

「電話をかけて、ハリー」バラードは言った。

ボッシュは自分の携帯電話を取りだし、ボナーの使い捨て携帯にメッセージを送った番号に電話をかけた。

「彼はなにをしてるんだ？」アボットが訊いた。「だれにかけているんだ？」

部屋のなかで呼びだし音がした。

「彼はあなたに電話をかけてるの」バラードは言った。

バラードは音の出所を追って机にやってきた。呼びだし音はインターバルをあけて、鳴りつづけた。バラードはひきだしをあけはじめ、呼びだし音の出所をさがそうとした。机のひきだしのいちばん下を抜くと、呼びだし音がいっそう大きくなった。すると、封筒の入った箱とポスト・イットの束の隣に、バラードがボナーからみつけたものと一致する黒い携帯電話があった。

「これのことを忘れていたんじゃないですか？」バラードは訊いた。

「それはわたしのものじゃない」アボットは言った。「ボナーが――あいつがそこに入れたんだ！」

おそらくアボットの指紋しか見つからないと思われるので、バラードはその携帯電話には触れなかった。もしそこに指紋が残っていなかったら、DNAをさがすことになるだろう。バラードはひきだしを閉めた。それは決定的な証拠になるだろう。バラードはそのことをロス・ベタニーに忠告するつもりだった。

バラードは机をまわりこみ、カウチに近寄った。

「立ちなさい、ドクター・アボット」バラードは命令した。

「なんのために？」アボットは叫んだ。「なにが起こってるんだ？」

「あなたをハビエル・ラファ殺害の容疑で逮捕します」バラードは言った。「そしてこれははじまりにすぎないわ」

第三部　暴動

36

バラードは最寄りのノース・ハリウッド分署に連絡して、アボットをヴァンナイズ拘置所に移送するための車の手配を要求した。そこで彼は殺人容疑での逮捕手続きが取られた。そのあと、バラードはボッシュを彼の家まで送り届けてから、ハリウッド分署に戻り、それから三時間かけて、逮捕の裏付けとなる書類仕事に取り組み、事件捜査の一式を地区検事局とロス・ベタニー用にまとめた。ベタニーは、逮捕のフォローアップ手続きをする検察官にそれを持っていくだろう。

九時になるころ、バラードは書類一式を印刷し、殺人事件調書の三本リングのバインダーにページを収めていると、ベタニーがパートナーのデニース・カークウッドとともに姿を見せた。

「きょうはあなたたちのラッキー・デーよ」バラードが言った。

「どうしてそうなるんだい？」ベタニーが訊いた。

「自分の尻を守るためべらべら喋《しゃべ》ってくれるだろう内部情報提供者を用意してあげた。そしておよそ四時間まえにあなたの最初の容疑者を逮捕した」

「なにをしたって？」

バラードはバインダーのリングを音を立てて合わせ、閉じると、ベタニーに差しだした。

「全部ここにある」バラードは言った。「読み通して、なにか質問があったらわたしに電話して。わたしは一晩じゅう起きてたので、ここを出ていくわ。幸運を祈る、だけど、それは必要ないと思う。全部ここにあるから」

バラードはあんぐりと口をあけているベタニーと、いいぞ、その調子という笑みを顔に浮かべているカークウッドをその場に残して立ち去った。バラードは自分の車に戻り、フリーウェイ405号線に沿ってつづいている工業地帯にたどりつくまで西に向かった。高架のフリーウェイの騒音を頭の上で聞きながら、バラードは柵に囲まれたドッグヤードのベンチでピントといっしょに座った。保護犬であるチワワ・ミックスは、引き取る決断をすればバラードのものになる。茶色と白の毛並みのこの犬は、体重四キロで、テリア犬の長い鼻面をして、アンバー色の目には希望に満ちた表情を浮かべていた。バラードは決定するのに三十分の時間を与えられたが、十分もかからなかった。

ピントは移動用の金属の箱と、ペレット・タイプのドッグ・フード二・二キロ入り袋、生物分解性ウンチ袋のディスペンサー付きリードとともにやってきた。バラードはサンタモニカ・キャニオンの入り口にあるチャンネル・ロードの外れのビーチにピントを連れていった。そこでバラードはブランケットにあぐらをかいて座り、リードを外して、ピントを走らせた。

ここのビーチは、ロサンジェルス郡の沿岸でもっとも奥まっているところで、ほぼ人はいなかった。空は晴れ、ブランケットに砂を巻き上げるくらい強い風に乗って太平洋から弱い冷気が吹きつけてきた。はるか彼方《かなた》のカタリナ島と、パロス・ベルデスの奥の港から出てくる貨物船の輪郭が見えた。

ピントは五週間、犬小屋に入れられていた。目のまえで砂の上を駆け回っている姿を見ていて愛《いと》おしかった。本能的にバラードからあまり遠くにいかないのがいいとわかっていた。数秒おきにバラードを確認し、陰鬱な将来から救ってくれたのが彼女であることを理解しているようだった。

ようやく疲れると、ピントはバラードの膝の上で丸まって、眠った。バラードはピントを撫《な》で、もうなんの心配もないからね、と語りかけた。

ベタニーとカークウッドに殺人事件調書を渡して立ち去って以来予想していた電話がかかってきたとき、ペットはまだバラードの膝の上にいた。それはロビンスン＝レノルズ警部補からで、さらなる通知があるまで、命令拒否により停職処分とすると伝えてきた電話だった。警部補はその通告をするに際して、堅苦しい口調で、淡々と伝えたが、オフレコになると、自分にとってバラードの行動が持つ意味に関して彼女に対する失望を口にした。

「おまえはわたしの面目を失わせたんだぞ、バラード」ロビンスン＝レノルズは言った。「一晩じゅうこの件で走り回って、わたしに恥をかかせた――しかも、まず、ウエスト方面隊の指揮官からそれを聞かなければならなかったんだ。この件でおまえが市警から追放されることを期待している。そしてわたしはおまえを追いだすことに協力を惜しまない」

ロビンスン＝レノルズはバラードの反応を聞かずに電話を切った。

「やつらはわたしを殺そうとしたのよ」バラードは死んだ電話に向かって言った。

バラードは携帯電話をブランケットに置き、青黒い海を見つめた。命令拒否は解雇相当の違反になる。さらなる通知があるまでの停職は、市警にはバラードを復職させるか、懲戒検討委員会の審問にかけるかを判断する二十日間の猶予があるという意味だった。その審問は、本質的に裁判であり、有罪評決が出れば、解雇されうるのだった。

バラードはこうしたことになにも心を乱されていなかった。ボナーの使い捨て携帯を自宅のひきだしに隠した瞬間から、こういうことにつながるだろうと予想していた。それは容認できる犯罪捜査の範囲をバラードが逸脱した瞬間だった。

バラードは携帯電話を手に取り、こういうことを気にかけてくれると信じているひとりの人物に電話をかけた。

「ハリー」バラードは言った。「わたしはアウト。停職だって」

「クソ」ボッシュは言った。「そういうものがやってくるとわかっていた。どれくらい重いんだ？　CUBOか？」

警察官としてふさわしくない行為《コンダクト・アンビカミング・オブ・アン・オフィサー》は、命令拒否より軽い違反だった。ボッシュの側では、まだ楽観的な考えをしていた。

「いえ。命令拒否。上はわたしを首にしようとするだろう、と上司の警部補は言ってた」

「クソ野郎め」

「そうね」

「きみはどうするつもりだ？」

「わからない。たぶん、ビーチで二日ほど過ごすだけかな。サーフィンして、犬と遊んで、いろいろ考えてみる」

「新しい犬が来たのか？」

「さっき引き取ったの。とても仲良くやってる」

「新しい犬といっしょにいける新しい仕事をやりたいか？」

「あなたといっしょにという意味？　もちろん」

「たいしたよりどころにはならんが、私立探偵免許のための背景チェックはかんたんに通るだろう」

バラードは笑みを浮かべた。

「ありがとう、ハリー。どういうことになるのか、様子を見てみる」

「必要ならおれはいつでもここにいるぞ」

「わかってる」

バラードは電話を切り、携帯電話を置いた。海を見る。潮に乗って運ばれてくる波が風で白く泡立っていた。

37

火曜日の夜、バラードは携帯電話の電源を切り、スウェットに着替えて、リビングルームのカウチの上で十時間眠った。死にかけた寝室に戻る心の準備はまだできていなかった。水曜日に目を覚ますと体が痛かった。ボナーとの格闘からくる痛みと、カウチの不均衡な支えが原因だった。ピントは足下で丸まって寝ていた。

携帯電話の電源を入れる。停職処分中とはいえ、市警全体の警報システムから外されてはいなかった。ワシントンDCでの市民による騒乱を受け、地元での抗議活動が予想されるため、ロス市警の全分署、全ユニットがふたたび緊急警戒態勢に移行することを伝えるメールが届いていた。すなわち、市警全体が、さらなる警官をストリートに配置するため、十二時間交代のシフトで働くということだった。前回の指定では、対応計画に従って、バラードはBシフト、午後六時から午前六時の勤務になっていた。

バラードはTVリモコンに手を伸ばし、CNNをつけた。画面は、人々が、その大集団が、連邦議会議事堂に押し寄せる映像ですぐにいっぱいになった。バラードはチャンネルを次々と切り替えたが、三大ネットワークのすべてとケーブル・ニュース・チャンネルのすべてでおなじものを放送していた。コメンテーターは、それを暴動だと呼んでいた。二ヵ月まえの大統領選挙の認証を止めさせる試みである、と。バラードはカウチの上で動くことなく、一時間、押し黙ったままTVを見ていたあげく、ロビンスン゠レノルズ警部補にショートメッセージを送った。

わたしはまだベンチに座ったままでいいですか？

長く待つことなく返事が届いた。

ベンチに留まっていろ、バラード。こっちへ来るな。

バラードは、市警内で暴動の非難を受けていることに関する辛辣《しんらつ》なコメントを返そうと思ったが、やめた。起き上がり、靴を履くと、ピントを近所の初散歩に連れだした。ロス・フェリズ大通りまでいって、戻ってきた。どの通りも閑散としていた。ピントはそばから離れず、けっしてリードをピンと張ることはなかった。ローラはいつだってリードを引っ張り、三十キロの体をフルに使ってまえへ突進しようとしていた。バラードはそれが恋しかった。

自宅に帰り、ワグズ・アンド・ウォークスでもらった餌をピントに少し与えてから、バラードはカウチに戻った。つづく二時間、リモコンを手に、バラードはチャンネルを切り替え、完全な無法状態の不穏な映像を見て、どうして国の分断がここまで大きくなり、一億六千万人が投票した選挙の結果を変えようと人々が議会議事堂に押し寄せる必要性を感じるに至ったのか理解しようとした。

TVを見て、自分が見ているものを考えることに疲れ、バラードは自分用に二本のエネルギー・バーと、犬用にさらなる餌を少し用意した。車庫で、ディフェンダーのルーフラックにパドルボードとミニタンカーを載せた。車に乗りこもうとすると、背後から声がかかった。

「サーフィンにいくの？」

バラードはクルリと振り返った。マンション住民だった。十三号室のネイトだ。

「なに？」バラードは訊いた。

「サーフィンにいくの？」ネイトは言った。「国がバラバラになり、いたるところで抗議活動がおこなわれているのに、サーフィンにいくんだ。あなたは警官でしょ――あなたは……わかんないけど……なにかするべきじゃないの？」

「市警は十二時間シフト体制を取っているの」バラードは言った。「もし全員が出動していたら、夜にはだれもいなくなる」

「ああ、そうなの」

「あなたはなにをしてるの？」

「どういう意味？」

「あなたはなにをしてるんだって意味だよ、ネイト。あなたたちはわたしたちを憎んでいる。ひどい事態になってわたしたちが必要になるまで警官を憎んでいるんだ。どうしてあなたは、外に出て、なにかやろうとしないの？」

バラードはすぐにそう口にしたことを後悔した。仕事と人生におけるあらゆるフラストレーションがまちがった人間に誤爆をさせてしまった。

「守り仕えるために給料をもらってるんでしょ」ネイトは言った。「あたしはそうじゃない」

「なるほど、わかった」バラードは言った。「けっこうよ」

「そこにいるのは犬？」

ネイトは窓越しにピントを指さした。

「ええ、わたしの飼い犬」バラードは言った。

「飼うには理事会の許可が必要よ」ネイトは言った。

「管理規則は読んでる。体重九キロ以下の犬を飼うことができる。この子は五キロもない」

「それでも許可を得る必要があるの」

「あなたが理事長だよね？　どういうわけか男が建物のセキュリティをかいくぐって侵入して、わたしを襲うことができるマンションで、わたしが犬を飼うことを許可しないと言うつもりなの？」

「いいえ。たんに規則があると言ってるだけ。申請を出して、許可を得なきゃならない」

「わかった。そうするわ、ネイト」

バラードはその場にネイトを残して、ディフェンダーに乗りこんだ。ピントがすぐに膝の上に上がってきて、バラードのあごを舐《な》めた。

「大丈夫」バラードは言った。「きみはどこにもいかないよ」

一時間後、バラードはサンセット・ブレークに沿って、西にパドルを漕《こ》いでいた。小さな犬はボードの鼻先に乗って、警戒感をあらわにして震えていた。ピントにとって新しい経験だったのだ。

太陽と塩気を帯びた空気がバラードの筋肉に深く染みこみ、こわばりと痛みを和らげてくれた。いいワークアウトになった。バラードは九十分間、海の上にいた――マリブに向かって四十五分間漕ぎ、戻ってくるのに四十五分間かけた。砂の上に張ったテントに潜りこんだときには、くたくたに疲れていて、昼寝を取った。ピントは足下のブランケットの上で眠っていた。

バラードは暗くなるまで自宅に戻らなかった。意図的に携帯電話を置いていったが、昼間に何本かメッセージが入っているのに気づいた。最初のは、ハリー・ボッシュからで、バラードがどうしているのか確かめるため連絡を入れたと記し、自分はこれまでありとあらゆるものを目にしてきたが、議会議事堂が自国の市民によって襲われるところを見るとは思いも寄らなかったと伝えてきた。

ふたつめのメッセージは、懲戒検討委員会の審問が二週間後に市警本部ビルでおこなわれることになり、バラードの出頭を命じる公式通知だった。バラードはそのメッセージをセーブした。代理弁護人として組合から代理人を付けてもらう必要がある、とわかっていた。その連絡をあとでするつもりだった。だが、まさにその次のメッセージが組合からのもので、ジム・ロースンという名の警察官が、懲戒検討委員会の審問の通知を受け取り、バラードを弁護する用意をしていると伝えてきた。バラードはそのメッセージもセーブしてから、次のメッセージに移った。それは午後二時十五分にロス・ベタニーから届いたものだった。

「えーっと、そう、バラード、ロス・ベタニーだ。折り返しの電話をほしい。きみと話をする用事がある。ありがとう」

最後のメッセージは二時間後に届いており、ふたたびベタニーからのものだった。彼の声はさきほどより少し切迫したものになっていた。

「ベタニーだ。至急折り返しの電話がほしい。このホイルというやつと彼の弁護士は、きみとしか話すつもりはないと言ってるんだ。きみしか信用しない、と。だから、なんとかして解決しなきゃならない。こいつと話をはじめる必要があるのは明らかだ。あすの午前中までにアボットを起訴しなきゃならない。さもなければこの事件はおしまいだ。電話をくれ。じゃあ、どうも」

逮捕と逮捕手続き終了後、地区検事局は、起訴し、容疑者の罪状認否をするか、不起訴にするまでに四十八時間が与えられる。ホイルが弁護士をつけたことがさらに複雑さを加えていた。ベタニーは、バラードが渡したものを地区検事局に持っていったが、起訴担当の検事補がもっと多くのものをほしがったのだろう、とバラードは推測した——バラードが車のなかで内密におこなった録音とは異なる、正規の、自発的な証言をホイルがするというようなことを。

ベタニーは両方のメッセージに自分の携帯番号を残していた。ベタニーに折り返しの電話をかけることは、停職中、警察業務に携わるなという命令を破ることになるかもしれない、とバラードは思ったが、とにかく、電話をかけた。

「わたしが停職中だと知ってるよね?」

「知ってる、バラード。だが、きみはクソでできたサンドイッチをおれに残していったんだ」

「冗談でしょ、地区検事局まで歩いていくだけですむ完璧な一式をあげたじゃない」

「ああ、そうしたら、連中はダメだと言ったんだ」

「起訴担当の検事補はだれ?」

「ドノヴァンという名の石頭だ。自分がO・J・シンプソンの弁護を担当したF・リー・ブルシット・ベイリーだとでも思っているんじゃないか」

「あの一式のどこがまずいの?」

「ホイルに知らせずに録音したことだ。ホイルにはすでに弁護士がついている――ダン・デイリーというやり手だ――彼が罠だとわめいている。それでドノヴァンはテープを見て、そこに問題があると考えた。まず第一に、きみが窓を下げて、ホイルを移送させる必要があるかもしれないと言ったとき、だれに話しかけていたんだ？」

バラードは一瞬凍りついた。ホイルの発言を記録しているとき、窓を下げて、ボッシュに話しかけたのだ。それは芝居の一部だったが、ミスだった。

「バラード？」ベタニーが促した。

「ボッシュよ。先の事件を担当していた人。アルバート・リー殺害事件を」

「彼は引退したんじゃないのか？」

「ええ、引退してる。だけど、その事件の調書がなくなっていたので、事件について話を聞きに、彼のところにいったの。わたしにはその捜査について彼に話してもらう必要があり、ホイルの件になったとき、わたしたちはいっしょにいた」

沈黙が下り、ベタニーがこの不完全な説明を消化していた。

「まあ、それはいい様子に見えないが、でもここで問題になっているのは別の件だ」ようやくベタニーは言った。「問題なのは、きみが移送が必要かもしれないとボッシュに言ったことだ。ドノヴァンが言うには、それは脅迫的かつ強圧的な戦術であり、テープ全体が破棄される可能性があるということだ。ホイルにもう一度自白させろとドノヴァンに言われたんだが、ホイルはきみとしか話すつもりはないと言ってる。じつに奇妙なことなんだが、きみがあの男を引っかけたのに、あいつはきみしか信用していない。それがわれわれのいまの立場だ」

今度はバラードが黙り、この運の変化について考えこんだ。自分が犯したミスがいまは自分の有利に働こうとしていた。

「もしわたしにその聴取をさせたいなら、わたしを復職させなければならない」バラードは言った。

「ああ、まあ、そんなところだろう」ベタニーは言った。「一方、ドノヴァンはデイリーと条件付き免責の取引に取り組んでいる」

「この件をだれかに話した？」

「うちの警部補は知っている。たぶんきみのほうの人間にも話はいってると思う。ハリウッド分署のだれかに」

ロビンスン＝レノルズが陥った苦境を考えると、バラードは思わずほほ笑みそうになった。この日の朝にバラードのショートメッセージにぶっきらぼうな返信をして、バラードの停職処分にダメ押しをしたのに、多重殺人事件を解決するため、バラードを仕事に戻す必要があるのだから。

「ホイルはどこにいるの？」バラードは訊いた。

「自宅に戻っていると思う」ベタニーは言った。「あるいは、デイリーが彼を隠したところに」

「オーケイ、うちの警部補に連絡してから、こちらからまたかける」

「急いでやってくれ、バラード、いいな？　このアボットを無罪放免させたくないんだ。言うならば、こいつは姿を隠すための資金とコネを持っている」

バラードは電話を切り、すぐにロビンスン＝レノルズの携帯電話にかけた。警部補はわざわざ挨拶は言わず、バラードもそんなものを期待していなかった。

「バラード、ベタニーと話したな？」

「たったいま」

「まあ、こないだの夜、きみはばかげた行動で肥壺《こえつぼ》に落ちたのに、薔薇《ばら》のように香って出てくるわけだ」

「なんとでも言って下さい。わたしは復職するんですか、どうなんです？　われわれは今夜ホイルの証言を取らなければなりません。ジェイスン・アボットに関する四十八時間の猶予は、あしたの朝、時間切れになります」

「いま取り組んでいる。今夜、聴取を設定した。きみは取調室に入ったときに復職する」

「それは永続的な復職ですか、一時的な復職ですか？」

「いまにわかる、バラード。それはわたしが決めることではない」

「ありがとうございます、警部補」

バラードは陽気な皮肉をこめて言った。電話を切り、ベタニーにかけ直した。

「ゴーよ」バラードは言った。「今夜設定された。用意が整ったら、わたしに連絡して」

「了解《ラジャー・ザット》」ベタニーは言った。

38

デニス・ホイルの再聴取は、ヴァンナイズ分署の刑事部屋で午後八時におこなわれた。ベタニー、カークウッド、ドノヴァンが待機し、記録に残すべき重要ポイントについてバラードに事前に念押しした。ホイルには弁護士のダニエル・デイリーが付き添い、依頼人が署名した訴追免責の内容を入念に吟味した。ホイルは、アボットおよびおそらくはそのほかの人物に対する証言と引き換えに、詐欺行為の共謀について有罪を認めることに同意し、軽い罰で済むことになる。彼は判決に関しては、判事のまえでチャンスに賭けることになるだろう。この取引は、ホイルが真実を述べているということと、共同事業体《コンソーシアム》から融資を受けた人々の殺害の計画へ関与せず、あるいは、事前に知ってはいなかったという主張が前提になっていた。これは大甘の取引だったが、ドノヴァンと彼の上司たちは決断を下した。暗黙の計画では、ホイルが嘘をついていることを証明して取引を破棄する努力が含まれている可能性大だろう。そしてそれだけでなく、判決を下す判事は、ホイルが仲間たちと携わった犯罪の重大性を伝えられ、共謀罪の量刑を最大限にするのがつねだった。

バラードはベタニーとそれ以外の人間に、取調室の外に待機し画面上で聴取を見るようにと告げた。ホイルがバラードとだけ話すと主張している以上、バラードは自分とベタニーがチームだとホイルに思わせたくなかった。バラードは、狭い灰色の部屋に入り、ホイルと弁護士の向かいに腰を下ろした。携帯電話をふとともに置く。画面上で目にするものが気に入らない場合、メッセージを届けられるようにしたドノヴァンへの妥協だった。

「最初に、この聴取の法的境界を明確にする必要があります」バラードは言った。「もしあなたがわたしに直接嘘をついたり、あるいは、なんらかの形で省略により嘘をついたりしたら、取引は中止になり、あなたは殺人の共謀罪で起訴されることを認めていただきます」

ホイルは答えようとして口をひらいたが、デイリーが腕を伸ばし、脇目もふらずに道路に出ていこうとする子どもを止めようとする父親のようにふるまった。

「彼は理解しています」デイリーが言った。「それは取引のなかに入っています」

「それでも本人から直接聞きたいですね」バラードは言った。

「理解している」ホイルが言った。「さっさと終わらせよう」

「これは取引には含まれていませんが、わたしは別のことを要求したい」バラードは言った。

「なんだね？」デイリーが訊いた。

「ハビエル・ラファが所有していた不動産に関するすべての所有権を諦めてもらいたい」

「無理だ」デイリーが言った。

「じゃあ、この取引も無理ですね」バラードは言った。「わたしは彼をこのまま罪を問われずに出ていかせ、彼と彼の最低の仲間たちが殺した男の家族からあの土地を奪わせるわけにはいきません」

すぐに携帯電話が音を立て、バラードは下を向き、ドノヴァンからのメッセージを見た。

いったいなにをする気だ？

バラードは顔を起こし、まっすぐホイルを見た。自分の道義的に正しいまなざしで、彼を屈服させられることを期待した。

今回、ホイルが腕を伸ばして、弁護士を止めた。

「かまわない」ホイルは言った。「それに同意する」

「同意する必要はない」デイリーは言った。「すでに取引の交渉は済ませた。これは
——」

「わたしはオーケイと言ったんだ」ホイルは言った。「そうしたいんだよ」

バラードはうなずいた。

「検事補が取引の修正案の用意をします」バラードは言った。

バラードはいったん黙り、デイリーにさらに言うことがあるかどうか確かめた。デイリーはなにも言わなかった。

「オーケイ、では、はじめましょう」バラードは言った。

そして、聴取はおこなわれた。ホイルの話は、彼が最初にバラードに話したときとたいして変わらない内容だった。だが、今回、バラードは、ファクタリング・コンソーシアムの成り立ちについて、また、最初からそこの金を借りた人々を最終的に殺害する計画だったのかについて、もっと情報を引きだすための質問をした。いずれアボットの弁護士や、捜査で逮捕されるほかの人間の弁護士が、この聴取の記録をつぶさ

に調べ、合理的な疑いを事件に滑りこませる割れ目をさぐるだろう、とバラードはわかっていた。

聴取は午前零時近くに終了し、ホイルはベタニーとカークウッドに連れられて、共同謀議容疑で逮捕手続きが取られ、のちに釈放された。その間、ドノヴァンは罪状認否まで保釈なしの勾留付きでアボットに対する正規の起訴をおこなった。保釈については罪状認否の際に議論されるはずだった。

聴取を終え、ホイルが連れていかれるのを見たすぐあとで、ロビンスン＝レノルズからのショートメッセージがバラードに届いた。彼は無駄な言葉を使わなかった。

きみはベンチに逆戻りだ。

バラードはわざわざ返事をしなかった。だれからもありがとうの言葉を受けず、帰宅した。バラードは大晦日に起きた偶発的な事故のように見えたものを、信じがたい多重殺人事件に変えたのだが、少なくとも線を一歩踏み越えてしまったがために、脇へ退けられ、可能ならば被告側の弁護士からも隠される必要があった。

バラードはピントを移動用の箱に入れたままにしていて、家に帰ったら起こさなければならなかった。首輪にリードをはめ、散歩に連れだす。晴れた、空気の爽やかな夜だった。フランクリン・ヒルズの家並みの明かりが輝き、バラードはそちらに向かって歩いたが、通りにはだれも出ていなかった。シェイクスピア橋ですら無人で、その下の家は暗かった。ピントが用を済ませるとバラードはそれを袋に詰め、回れ右をした。

深夜のケーブル・ニュースは、すべて日中のワシントンでの衝撃的な出来事の焼き直しだった。ひとりの警察官が議会議事堂を守るなかで負傷し、死亡したというニュースもあった。警察官たちは、これが最後になるかもしれないと考えて、毎日、仕事に出かけている。だが、バラードは、今回の警官が、こんな形で殉職することになろうとは、想像していなかったのではないだろうか、と思った。バラードはこの国について、自分の住む街について、その未来について、暗澹《あんたん》たる思いを抱きながら眠った。

仕事柄、バラードは昼間眠ることに慣れており、オフのときでもそのスケジュールを変えなかった。結果的に眠りが浅く、まどろみに侵入してくる騒音があるたびに身じろぎした。ピントも、新しい家と環境にまだ慣れておらず、途切れ途切れに眠り、一時間かそこらごとに箱のなかで動いていた。

一通のショートメッセージが午前六時二十分にバラードを完全に起こした——それが届いた音が聞こえたからではなく、携帯電話の画面を光らせたからだ。それはシンディ・カーペンターから届いたものだった。

よくもまあ。守り仕えるんじゃなかったの。どちらもしてないじゃない。よくもまあ夜眠れるものね。

バラードはカーペンターがなんの話をしているのかさっぱりわからなかったが、たとえそれがなんであれ、その言葉に揺さぶられた。

バラードはすぐに電話をかけたかったが、電話に出てもらえないのではないかと思って控えた。このメッセージは、バラードがシンディの元夫に連絡したことに対する動揺が残っていることに関係しているのではないだろうか。

だが、そこへもう一通のさらなる心をかき乱すショートメッセージが届いた。今回のは、ボッシュが発信したものだった。

新聞をチェックしたほうがいい。どこかでリークがあった。

バラードは急いでノートパソコンを手に取り、ロサンジェルス・タイムズのウェブサイトにいった。ボッシュは保守的だ――紙の新聞を配達してもらっている。バラードはオンライン版の定期購読者だった。ボッシュが言っていた記事がホームページに目立つように掲載されているのが見つかった。

ロス市警、連続レイプ事件捜査でギャンブル――さらなる被害者が暴行被害に遭遇
アレクシス・スタニシュウスキ（タイムズ記者）

二人組の男性がハリウッドの住居に侵入し、女性をレイプしたあとで、ロサンジェルス市警察は、本格的な捜査を開始した。

だが、捜査責任者は、レイプ犯のチームというめったにない相手を特定し、逮捕することを期待して、秘密裏に捜査することを選んだ。一般市民への警告は出されず、つづく五週間で、少なくともさらにふたりの女性が襲われた。

関係筋によると、この事件は、捜査員が連続犯を追う際に直面する選択の結果の一例だという。容疑者の決まり切った行動は逮捕につながりうるが、犯罪の多発に世間

の関心が集まると、同定可能なパターンが変化してしまい、犯人逮捕をより難しくしてしまいかねない。

今回の事件の場合、三人の女性が真夜中に自宅に侵入してきた男たちに性的暴行を受け、苦痛を与えられた。それによって捜査員たちは犯人たちを「ミッドナイト・メン」と呼んでいる。今週水曜日、広報課の職員は本件について沈黙を守っているが、ハリウッド分署の刑事たちを統轄するロビンスン＝レノルズ警部補は、捜査を秘密裏に進める自分の判断について説明や抗弁を拒んだ。本紙は、この犯罪に関する警察の報告書の開示請求を公式におこなった。

被害者のひとりは、自分がクリスマス・イブに暴行を受けるまえに警察がレイプ犯たちのことを知っていたとわかり、動揺と腹立ちを覚えている、と語った。なお、性犯罪被害者の身元を明らかにしないという本紙の方針に従って、この被害者の名前は当記事では使用しない。

「もしあの男たちがいることを知っていたら、用心をして、被害者にならなかったかもしれないという気がしてなりません」被害女性は涙ながらに言った。「最初にあの男たちにレイプされ、次にまた市警察にレイプされたような気がします」

被害女性は、悲惨な四時間のことを詳しく語った。ベッドで寝ているところをマスクをかぶったふたりの男に起こされ、目かくしをされ、代わる代わる襲われた。その暴力的な行為が終わったとき、被害女性はふたりの男に殺されると思いこんでいた。

「恐ろしかったです」女性は言った。「そのときのことが何度も蘇《よみがえ》ってくるんです。わたしの人生で起こった最悪の出来事です」

現在彼女は、もし市警がミッドナイト・メンのことを世間に公表していれば自分の試練は防げたのではないか、と思っている。

「もし警察が犯人たちに迫っていると知ったなら、彼らは犯行をやめたかもしれないし、ほかの場所に移動したのかもしれません」と、被害女性は語った。

南カリフォルニア大学《USC》の犯罪社会学者であるトッド・ペニントンは本紙に対し、ミッドナイト・メン事件は法執行機関が直面している難しい選択を明らかにしている、と語った。

「これに対するいい答えはありません」ペニントン氏は言った。「もし捜査を秘密にしておけば、逮捕できるチャンスがより多くなるでしょう。ですが、もし黙ったまま、それほど早く逮捕できなかった場合、市民は危険にさらされたままになります。行くも地獄、帰るも地獄です。今回の事件の場合、その決定が裏目に出て、あらたな被害者が出ました」

連続犯は警察に止められないかぎり犯罪をおこなうのをめったにやめられない、とペニントンは語る。

「たとえ警察が捜査内容を公表しようと、犯人のふたりが犯罪を止めるとは考えにくいということを理解しなければなりません」彼はつづけた。「それどころか、彼らは自分たちの犯行のパターンを変えたでしょう。そして、あらたな被害者は増えつづけた可能性が高いです。公表するかどうかの判断に際して、われわれが直面するジレンマがそれです。警察にとって勝算のない状況なのです」

記事を読んでいると、バラードの顔が熱くなった。二段落めで、市警はこの記事の匿名の情報源をバラードだとみなすだろう、とわかった。唯一名指しされている仇役《かたきやく》が、バラードの停職を求めてきた男だからだ。また、これで終わりでないこともわかっていた。ロサンジェルス・タイムズは、この街のほかの報道機関大半の範になるような代表的な新聞だった。すべての地元ニュース番組がこの記事に便乗してくるのはまちがいなかった。市警はまたしても拡大鏡の下に身を置くことになるだろう。

バラードはその記事をもう一度読み、今回は、そこで明らかにされていないことがあることに安心した。襲撃が祝日に発生していることについてはなにも触れていなかかったし、街灯の破壊工作のパターンも明らかにしていなかった。この記事の情報源は、事件のどの情報を公開するかに関して注意深く判断していた。

だれが情報源なのかがわかったとバラードは確信した。電話を手に取り、リサ・ムーアにかけた。呼びだし音が繰り返されるたびにバラードはどんどん腹が立ってきて、ついにヴォイス・メールにつながると、容赦なくぶっ放す用意ができていた。

「リサ、あなただとわかってる。わたしだと非難されるかもしれないけど、あなたの仕業だとわたしにはわかってる。あなたは自分を夜勤にまわしたロビンスン＝レノルズを困らせるためだけに捜査全体を危険にさらしたんだよ。そしてこれがわたしの仕業と思われるようにあなたが計算したのもわかっている。だから、クソ食らえ、リサ」

バラードは電話を切り、ほぼ同時に自分が残したメッセージをすぐに後悔していた。

39

この話は、市警本部ビルで急遽《きゆうきよ》ひらかれた記者会見によって大いに燃料を投下されて、TVやラジオやインターネット・ニュースを二日間賑《にぎ》わした。市警の公式スポークスマンは、タイムズの記事を過小評価し、個々の犯行の証拠に基づく結びつきは希薄で、ふたりの犯人が関わっているという事実が事件を結びつけているようだ、と発言した。市警にとって幸いなことに、議会議事堂の暴動が放送時間や新聞記事のスペースを圧迫し、この話はより大きな話の引き波に呑《の》まれて消えていった。ロビンスン＝レノルズからなんの連絡もなかったが、その沈黙は、バラードが最初のリーク元だと彼が信じていることを裏付けるように思えた。リサ・ムーアからの連絡もなかった。メッセージで残した非難を否定することすらしないのだ。

まるで注目されなかったあらたな話は、高名な歯医者が殺人の共謀容疑で逮捕されたというものだった。バラードはいまやその事件に関しては部外者だったが、捜査がゆっくりと進んでいる、とロス・ベタニーの電話で知った。ジェイスン・アボットの逮捕はメディアに公表されたが、協力的な証人としてデニス・ホイルが関与していることと、元警官のクリストファー・ボナーが殺し屋として関わっていることは、うまく伏せられていた。永遠に沈黙していることはないだろうと、バラードは知っていた。とりわけ、裁判所の審問がはじまれば。だが、市警は可能ならばいつだってみずからの評判への打撃を分散させるという暗黙の方針に従ってつねに運営されてきた。

土曜日、バラードはギャレット・シングルからの電話を受け取った。バラードと新しい飼い犬とでハイキングにいかないか、という誘いだった。バラードは以前にピントの写真をメールで送っていた。シングルはエリシアン・パークはどうだろうと提案してきた。道沿いにたくさん日陰があるからだという。バラードは近くのポリス・アカデミーの候補生だったころ以来、エリシアンでハイキングをしたことはなかった。ピントは喜んでくれるかもしれないな、とバラードは考え、また、シングルが指摘したように、そこのハイキング・コースは犬連れでいけ、ほかの人気の高いハイキング・スポットよりも混んでなさそうだった。バラードは、現地で落ち合う約束をした。シングルがサンゲイブリエル山脈の反対側という遠いところにあるアクトンの自宅から向かうからだ。その自治体がおおぜいの消防士が暮らしている場所であることをバラードは知っていた。消防士は週に一度しか仕事にいかず、三日連続で勤務し、消防署で寝泊まりし、四日間オフになるからだ。週に二時間のドライブ二回は、たいした負担ではなかった。

月曜日の朝、バラードはアクトンで目覚めた。過去三十六時間をシングルとともに過ごしたのだ。シングルの家は、アンテロープ・ヴァレーの起伏の激しい山腹に押しこまれたように建っていた。そこでは、コヨーテやボブキャットが自由にうろついているから、とシングルに警告された。ギャレットがシャワーを浴びているあいだにバラードはコーヒーを淹れ、庭に面した裏手のデッキに出た。何ヵ月もかけて庭造りに勤《いそ》しんでいるんだ、とシングルは言った。バラードはカウチからブランケットを持ってきて、肩にかけた。シングルとの時間は充実していたが、バラードはずっと不安といらだちを感じていた。あらゆるものから追いだされてしまった。ラファ事件は検察段階に移行しており、ミッドナイト・メン捜査から完全に外されたことほど気にはならなかった。いらだちを倍増させていたのは、シンディ・カーペンターにそしられたことと、事件の進展についてリサ・ムーアからなんの連絡もないという事実だった。だれかがタッグ・チームのレイプ犯たちを特定し、逮捕に迫っているという確信が持てなかった。

低木林のなかをうろうろし、事件の事実を頭のなかで検討していると、シングルがうしろから近づいてくるのが聞こえた。シングルは片方の腕をバラードにまわし、もう片方の腕で、バラードのうなじにかかった髪を引き上げた。シングルはバラードのうなじにキスをした。

「どう思う？」シングルは訊いた。

「どうって、なにが？」バラードは訊いた。

「この景色さ。つまり、この場所を見てくれ」

バラードは気づきもしなかった。バラードの目はなにも見ず、事件に関する自分の思いだけを見ていた。

「綺麗《きれい》ね」バラードは言った。「荒涼として」

「そのとおり」シングルは言った。「だからここが好きなんだ」

「いえ、あなたがここを好きな理由は、不動産の価値と、広大な空間があるからでしょ。警官や消防士はいつだって広い空間を欲しがっている」

「そのとおりだ。でも、正直な気持ちだ。おれはここの切り立った稜線《りょうせん》が好きなんだ」

「じゃあ、わたしも正直になるわ。ここは水から離れすぎている」

「どういう意味だい？　あそこの尾根の向こうにサンタ・クララ川がある」

「ええ、わたしが言ってるのは、大海原のこと。太平洋のこと。このまえ聞いたところでは、サンタ・クララ川ではサーフィンはできないそうよ——たとえそこに水があるときにも」

「だけど、対極にあるものだろ、山と海は？　砂漠とビーチは、少なくともひとつ共通のものがある」

「砂？」

「ご明察」

シングルは笑い声を上げた。彼が笑い終えると、屋内のキッチン・カウンターで携帯電話が鳴っているのが聞こえた。三十六時間ぶりだった。携帯電話の電波の届かないところに来ているのだと思っていたのだが、かかってきていた——電話が。

「あれに出ないと」バラードは言った。

「おいおい」シングルは言った。「いま、将来の話をしていたのに」

バラードは急いでドアを通り抜けたが、届くまえに携帯電話の呼びだし音は止《や》んだ。かかってきた番号は市内の局番だったが、見覚えのない番号だった。闇雲にかけ直すのをためらった。懲戒検討委員会の審問の件かもしれなかった。停職処分を解除され、また、処分を再開されたあと、審問が予定どおりにおこなわれるのかどうか、まだ知らなかった。待った。するとすぐに画面にヴォイス・メールの通知が現れた。

バラードは渋々、それを再生した。

「バラード刑事、街灯整備局のカール・シェーファーです。いわゆるミッドナイト・メンについて、ニュースで大騒ぎしているのを見ました。あれがあなたの捜査している事件であり、猫が袋から出てきたようなものだと推察しています。つまり、秘密はバレてしまいましたね。ですが、まだあの話が有効なら、きょう、ハンコック・パークの街灯で修理要請が入ったのをお知らせしたかったんです。もし詳しいことを知りたいのであれば、わたしまでご連絡下さい」

バラードはすぐにシェーファーにかけ直した。

「刑事さん、お元気ですか？」

「わたしは元気です、シェーファーさん。メッセージを受け取りました。その街灯を修理させるため、だれかを派遣しましたか？」

「いえ、まだです。まず、あなたに確認しようと思ったんです」

「だれが連絡してきたんですか？」

「あそこにいるよく知っている人物から――ウインザー・スクエアの町長と呼んでい

ます。彼の通りじゃないんですがね、あそこの住民は、彼のことを街灯やそのほかの地域のことに関して頼りになる男だと思っています。その彼がけさ電話してきました。実際のところ、ついいましがたです。あなたに電話をする直前のことです」

「その人の名前を教えていただけますか？」

「ジョン・ウェルボーンです」

シェーファーはウェルボーンが修理要請をするのにかけてきた電話番号も教えてくれた。

「ミッドナイト・メンに関して、わたしの考えたとおりですか――あなたがここに街灯について訊きに来た理由がやつらだと？」

「なにが元でそういうことをおっしゃるんです？　街灯について、新聞になにか出ていましたか？」

「わたしが読んだかぎりでは出ていないです。たんに二足す二の計算をしただけです。新聞は、三人の異なる女性が襲われたと書いていました。あなたはわたしに三ヵ所の異なる街灯について質問されました」

「シェーファーさん――カール――あなたなら賢い刑事になれたでしょうね。ですが、そのことをだれにも話さないで下さい。それは完全に確認されたわけではなく、そのことが一般に知られれば、捜査を阻害する可能性があります」

「よくわかっていますよ、刑事さん。だれにも話していませんし、話すつもりもありません。ですが、いまのお世辞、ありがとうございます。昔は警察官になることを考えていたんです」

シングルが外から戻ってきて、バラードの真剣な表情を見た。自分になにかできることはあるだろうか、と訊くかのように両手を広げた。バラードは首を横に振って、シェーファーとの話をつづけた。

「いま話をしている街灯の住所を教えてもらえますか、シェーファーさん?」バラードは訊いた。

「ええ、もちろん」シェーファーは言った。「いまここに表示されています」

シェーファーはノース・シトラス・アヴェニューの住所を読み上げた。

「メルローズ・アヴェニューとビヴァリー大通りのあいだです」シェーファーは親切にも付け加えた。

バラードは礼を告げると、電話を切った。シングルを見る。

「いかなきゃ」バラードは言った。

「本気かい?」シングルは言った。「おれはあしたまで戻らないんだ。考えていたのは、あの犬を連れて――」

「戻らなきゃならないの。これはわたしの事件だから」

「きみはもうどんな事件も持っていないと思ってたんだが」

バラードは返事をしなかった。寝室に向かい、荷物をまとめ、ピントを眠っていた移動用の箱から出した。バラードは車に置いてあるサーフィン・バッグに入れていた服を着ていて、ピントにはアクトンの町の中心部にあるミニ・マーケットで買った缶入りフードを与えていた。シングルのところに滞在したのは、シングル家の裏庭のバーベキューで手料理を食べるところからはじまった――エリシアン・パークで、自分はうまいバーベキューを作ることに誇りをもっていることを明かし、それでバラードは彼を試すことにしたのだった。

シングルの家のまわりの低木林でピントを散歩させてから、バラードは荷物と飼い犬をディフェンダーに積みこみ、出発の準備を整えた。

あけっぱなしのドアのところで、シングルはバラードに別れのキスをした。

「あのさ、これはうまくいく」シングルは言った。「おれがシフト中、きみは街の自分の場所にいて、サーフィンをする。水の上に三日間、山のなかに四日間」

「すると、あなたは自分がすばらしいプルドチキン・サンドイッチを作れるから、女の子は夢中になって、腕のなかに倒れかかると思っているのね、はっ？」バラードは言った。

「まあ、きみが赤身肉をまた食べるようになったら、おれはすばらしいブリスケも作れる」

「ひょっとしたら、次の機会には、わたしはがっかりするかもしれない」

「じゃあ、次の機会もあるんだな？」

「たくさんのことがそのブリスケにかかっている」

バラードはシングルの腕をそっと押して、ディフェンダーに乗りこんだ。

「気をつけろよ」シングルは言った。

「あなたもね」バラードは答えた。

街に向かって南に進みながら、サンタクラリタ・ヴァレーを通り抜け、携帯電話サービスがしっかり使えるようになるまで待ってから、ジョン・ウェルボーンの電話番号として伝えられた番号にかけた。その電話は、ラーチモント・クロニクル紙につながった。ハンコック・パークとその周辺地域を対象にしたコミュニティ新聞だった。そこの発行人にして編集人であり記者を務めているのがウェルボーンだとわかった。彼がマスコミの一員であることが、この電話を少し厄介なものにした。バラードは彼からの情報を必要としていたが、それが彼の新聞に載せられるのを望まなかった。

「ウェルボーンさん、こちらはロス市警のバラード刑事と申します。少しお時間をいただけますか？」

「ええ、もちろん。あの記事の件でしょ？」

「どの記事です？」

「Ｃｏｖｉｄで妻を亡くされたウィルシャー分署の警察官のための基金に関する記事を木曜日に掲載したんです」

「ああ、いえ、その件ではありません。わたしはハリウッド分署の人間です。その新聞とは関係のないあることで、オフレコであなたと話をしなければなりません。それをあなたの新聞に載せられたくはないのです――少なくとも、まだ。これはオフレコの会話です。よろしいですか？」

「問題ありません、バラード刑事。うちは月刊紙なんです。いずれにせよ、締切《しめきり》まで二週間あります」

「よかった。ありがとうございます。あなたがけさ街灯整備局にかけた電話についてお訊ねしたいんです。ノース・シトラス・アヴェニューの街灯に関するメッセージを残されたんですね」

「あー、はい、メッセージを残しました。でも、刑事さん、わたしはなにかの犯罪が起こったなんて伝えるつもりではありませんでしたよ」

「もちろん、そうじゃないでしょう。ですが、われわれが捜査しているある事件になにかの関連があるかもしれないんです。ですから、われわれは警戒しており、そしてそこがあなたに黙っていてほしいと願っているところです」

「わかりました」

「街灯が消えたとあなたに伝えたのはどなたですか？」

「わたしの妻マーサのよき友人でした。彼女の名前は、ハンナ・ストーヴァルです。わたしに連絡すれば、わたしがふさわしい当局に注意を入れてくれるだろうと、彼女は知っていたんです。たいていの人は、街灯整備局なんてところがあることすら知りませんから。ですが、みんな、わたしが知り合いの知り合いを知っていることを知ってるんです。みなさんわたしのところに来ます」

「で、彼女はあなたに連絡してきた？」

「実際にはそうではありません。わたしの妻に電子メールを送ってきて、アドバイスを求めたんです。そこからはわたしが引き受けました」

「わかりました。ハンナ・ストーヴァルについて、あなたがご存知のことを教えていただけますか？　たとえば、彼女は何歳だと思います？」

「ああ、三十代前半かな。若いですよ」

「彼女は結婚していますか、独り暮らしですか、ルームメイトがいますか――どうですか？」

「結婚していませんし、独りで住んでいるのは確かです」

「で、彼女がなんで生計を立てているかご存知ですか？」

「ええ、彼女はエンジニアです。運輸局で働いています。具体的になにをしているのかわかりませんが、マーサに訊いてみることはできます。彼女がなんらかのプロファイルに合致するかどうか確かめているように聞こえますね」

「ウェルボーンさん、現時点では、捜査の中身についてあなたと共有することはできないんです」

「わかります。ですが、もちろん、わたしどもの友人になにが起こっているのか心から知りたいのも確かです。彼女は危険な立場にいるんですか？　せめてそれは言ってもらえませんか？」

「わたしは――」

「待った――これはミッドナイト・メンの件なんですか？　ここは少なくとも暴行事

件のふたつとだいたいおなじ地域です」

「ウェルボーンさん、質問するのをやめていただきたい。あなたのご友人は危険な状態にはなく、われわれはそれを維持するため万全の安全対策を講じると保証させて下さい」

バラードは話題を変えようとした。

「さて、問題の街灯が彼女の家とどのような位置関係にあるのかご存知ですか？　どれくらい近いのでしょう？」

「わたしが理解する範囲では、街灯は彼女の家の真正面にあります。だから、彼女はある夜それが点灯していて、次の夜消えていたのに気づいたんです」

「オーケイ、で、ハンナ・ストーヴァルの電話番号を教えてもらえませんか？」

「いますぐはわかりませんが、入手可能です。数分したら、この番号にかけ直していいですか？　妻に電話する必要があるんです」

「はい、この番号にかけて下さい。ですが、ウェルボーンさん、この件について奥さんに話さないで下さい。それからこの件であなたまたはあなたの奥さんからハンナに連絡しないで下さい。わたし自身が彼女に電話できるよう、彼女の回線をあけておきたいのです」

「もちろん、街灯修理のオーダーに電話番号が必要なんだとだけ話します」

「ありがとうございます」

「待っていて下さい、刑事さん。すぐにかけ直します」

40

自信をもって共有できる計画ができるまでバラードはハンナ・ストーヴァルへの連絡を先延ばしにした。自分がおこなう行動の戦略を練りながら、街までの残りの行程を黙って車を走らせた。例外は、ハリー・ボッシュへの短い電話連絡だった。自分の策をほかにだれも支持してくれなくとも、つねにボッシュがいる、とバラードはわかっていた。具体的になんのために待機するのか話すことなく、バラードはボッシュに待機してほしいと頼み、ボッシュは断らなかった。ボッシュはどんなことにも対応する用意をして待機する、きみにはおれがついている、とだけ言った。

バラードは午後一時を少し過ぎたところでハリウッドに入り、メルローズ・アヴェニューを通って、ノース・シトラス・アヴェニューに向かい、南へ曲がると、カール・シェーファーから聞いた住所のまえにある街灯にさしかかった。通り過ぎる際にバラードは車の速度をゆるめなかった。ただじっと眺めて、動きつづけた。シトラスはハンコック・パークと考えられている地域の外辺にあった。そこはハイランドの西側にあたり、このあたりの家屋は車一台分の車庫を持つ、戦後建てられた比較的小さな一戸建てだった。そこは徐々に再開発の波にさらされた住宅地で、敷地《しきち》の限界ぎりぎりに、門と壁に囲まれた二階建ての角形住宅が建ち並んでいた。元々このあたりに多かった平屋建てのスペイン様式の家に比べると、再開発でできた家はおもしろみにかけ、退屈に見えた。

車に乗ったまま、バラードは路肩に駐車している車を調べ、監視の兆候をさぐったが、ミッドナイト・メンが次の被害者を見張っているかもしれないと示唆するものはなにも見当たらなかった。ビヴァリー大通りで、バラードは右折し、できるところでUターンをして、シトラス・アヴェニューに戻った。来た方向にバラードはその通りを戻っていった。今回、問題の街灯を通り過ぎる際に、柱の根元にあるプレートを見て、いじくられた兆候がないか確認した。なにも見えなかったが、見えるとは期待していなかった。

メルローズ・アヴェニューで右折すると、すぐに〈オステリア・モッツァ〉のまえの路肩に車を寄せて停めた。その人気のあるレストランはＣｏｖｉｄのせいで閉まっており、駐車スペースはふんだんにあった。バラードはマスクをつけると車を降り、ハッチをあけた。ピントを箱から出し、リードを付ける。それから犬を歩かせて、シトラスの方向へ向かっていると、途中でジョン・ウェルボーンから折り返しの電話がかかってきた。ウェルボーンは、ハンナ・ストーヴァルの電話番号と、追加の情報として、パンデミックのあいだは自宅で働いていることからいまは自宅にいる可能性が大変高いということを伝えてくれた。

バラードはシトラス・アヴェニューに達すると南に曲がり、通りの西側を進んだ——そのままいくと件《くだん》の街灯のところにたどりつく。バラードはゆっくりと歩いた。飼い犬にペースをまかせ、彼がにおいを嗅ぎ、マーキングするのを許した。もしミッドナイト・メンが見張っていたとしても、バラードがした唯一目立った行動は、ピントが問題の街灯のまえに来たとき、それにマーキングして、証拠を破壊したりしないよう、ピントを引っ張ったことだけだった。

バラードはこっそりとハンナ・ストーヴァルの住んでいる家をうかがった。私設車道に車はなく、車庫は閉まっていた。その車庫は、なかから家にアクセスできるようになっているはずの家続きの車庫であることをバラードは心に留めた。シンディ・カーペンターの家の場合とおなじように。

バラードは歩きつづけ、オークウッド・アヴェニューとの交差点にたどりつくと、回れ右し、通りの反対側に渡ってから北に引き返した。飼い犬に新しい芝生のにおいを嗅がせ、マーキングさせたがっているペットの飼い主のように。

ディフェンダーに戻ると、ダッシュボードの時計を確認した。午後二時三十分で、計画をはじめるには少し早すぎる気がした。また、ピントのことを考慮しなければならなかった。

ハリウッド分署に近いサンタモニカ大通りには、ドッグホテルがある。何度かローラをそこに預けたことがあり、そこが清潔で感じがよく、あまり混んでいないのを知っていた。なによりもいいのが、いわゆるプレイルームに設置されているカメラに携帯電話でアクセスして、ピントの様子を確認できる点だった。

〈ドッグ・ハウス〉にいき、あらたなアカウントを作り、ピントをそこに一晩預ける手続きを済ませるまで一時間かかった。自分が拒絶され、また保護施設に戻されるのではないかとピントが思っているかもしれないと想像して、バラードの胸が痛んだ。バラードはピントを抱き締め、あした戻ってくるからねと約束した。飼い犬を安心させるためというよりも自分を安心させるためだった。

〈モッツァ〉のまえの駐車場所はだれにも取られておらず、バラードは四時少しまえにそこに車を停め直し、後方からノース・シトラス・アヴェニューを通ってくる車を確認できるようミラーを調節した。それからハンナ・ストーヴァルに最初の電話をかけ、練っていた戦略が動きはじめた。

電話はすぐにつながった。

「もしもし、ハンナ・ストーヴァルさんはご在宅ですか？」

「わたしです。どちらさん？」

「そちらの通りで街灯が消えているとの通報があった件でご連絡しているのですが？」

「ああ、そうです。わたしの家のまんまえです」

「いつから消えていたのか、おわかりになりますか？」

「きのうからです。土曜日は、ついていたのはわかっています。ちょうど寝室のブラインドの上のほうに光が当たるので。わたしにとって、常夜灯みたいなものなんです。昨晩、それが消えているのに気づいて、けさマーサ・ウェルボーンにメールしたんです。たった一本の街灯にすごく注目されているみたいですけど。どうしたんですか？」

「わたしの名前はレネイ・バラードです。わたしはロサンジェルス市警察の刑事です。あなたを怖がらせたくはないんですが、ミズ・ストーヴァル、何者かがあなたの家に侵入する計画を立てているかもしれないとわたしは考えています」

　バラードはもっと優しい伝え方はないかと思ったが、予想どおり、ストーヴァルは警戒感もあらわにして反応した。

「ああ、神さま——だれなんです？」

「それはわかっていませんが——」

「じゃあ、どうしてわかるんです？　たんに市民に電話して、死ぬほど怯えさせているだけなんですか？　こんなの意味がわからないわ。あなたがほんとに警官かどうかすらわからないじゃないですか。あなたが言うように刑事かどうかなんて」

　この女性に自分が何者であるのか証明する必要があるだろうとバラードは予想していた。

「これはあなたの携帯電話の番号ですね？」バラードは訊いた。

「ええ」ストーヴァルは答えた。「なぜそれを確認したいんです？」

「なぜなら、これからいったんこの電話を切り、あなたにわたしの警察官としての身分を証明するものとバッジの写真をメールするからです。そのあとで電話をかけ直し、もっと詳しくなにが起こっているのか説明します。よろしいですね、ミズ・ストーヴァル？」

「ええ、メールを送って。これがなんであれ、終わらせたいわ」

「わたしもそう願っています、ミズ・ストーヴァル。いまから切りますね。そのあとでかけ直します」

バラードは電話を切り、自分のバッジと警察のＩＤの写真を呼びだし、ストーヴァルにメールで送った。それが届き、見られるまで数分待ってから、電話をかけ直した。

「もしもし」

「ハンナ――あなたをハンナと呼んでいいですか？」

「ええ、いいですよ、なにが起こっているのか教えてちょうだい」

「オーケイ、ですが、口当たりのいい話はしません。あなたの協力が必要だからです。ハリウッド地域で女性を狙っているふたりの男がいます。彼らは真夜中に女性の自宅に侵入し、暴行を加えるのです。襲撃の前日あるいは二日まえに被害者宅に近い街灯が点灯しないように細工している、とわれわれは考えています」

繰り返される息を吸う音でのみ区切りがついている長い沈黙が下りた。

「ハンナ、大丈夫ですか？」

なにも反応がない。

「ハンナ?」

ようやくストーヴァルは言葉にして返事をした。

「ミッドナイト・メンのこと?」

「そうです、ハンナ」

「じゃあ、なぜあなたはいまここにいないの? なぜわたしはひとりきりなの?」

「なぜなら、彼らがあなたを監視しているかもしれないからです。もしわれわれが姿を見せれば、彼らを捕らえ、この件を終わりにするチャンスを失ってしまいます」

「わたしを囮として使うつもり? ああ、神さま、なんてこと!」

「いいえ、ハンナ。あなたは囮じゃありません。あなたの安全を守る計画があります。繰り返しますが、だからこそ姿を現す代わりに、こうやって電話しているんです。計画があるんです。それをあなたに話したいのですが、まず、あなたに落ち着いてもらわねばなりません。パニックになる必要はないのです。連中は、昼間はやってきません。連中は――」

「彼らが監視しているかもしれないと言ったわね」

「ですが、昼間の時間帯には侵入してきません。彼らにとって危険すぎるんです。あなたの家のまえの街灯が切れているという事実が、彼らが夜にやってくるであろうことを証明しています。おわかりいただけますか？」

返事がない。

「ハンナ、理解できますか？」

「ええ。わたしになにをやらせたいの？」

「けっこう、ハンナ。落ち着いて下さい。一時間でこれは終わり、あなたは安全な状態になります」

「約束してくれるのね？」

「はい、約束します。さて、これがあなたにやってもらいたいことです。車庫に車を置いていますね？」

「ええ」

「どんな種類の車ですか？　色は？」

「アウディA6。銀色よ」

「オーケイ、それからあなたは食料品を買いにいくのにどの店を使います？」

「わからないな、なぜそんなことを訊くの？」

「がまんして付き合って下さい、ハンナ。どの店で買い物をします？」

「ふつうはヴァイン・ストリートにある〈パヴィリオンズ〉。メルローズ・アヴェニユーとヴァイン・ストリートの交差点にある店」

バラードはその店にはなじみがなかったが、それがミッドナイト・メンのほかの三人の被害者が足繁《あししげ》く通っていたスーパーマーケットと異なる住所にあることをすぐに計算した。

「店内にコーヒーショップはありますか？」

「〈スターバックス〉がある」

「オーケイ、あなたにやってもらいたいのは、車に乗り、〈パヴィリオンズ〉にいってもらうことです。もしエコバッグを持っているなら、なにか軽い買い物に出かけるかのようにそれを持ってきて下さい。ですが、まず、〈スターバックス〉にいって下さい。そこでわたしと落ち合います」

「わたしはここを出ていかなきゃいけないの？」

「今夜、そこにいないほうが、はるかに安全なんです、ハンナ。なにも変わった様子がないようにして、あなたを連れだしたいんです。コーヒーと夕食を買いにその店にいくような様子で。いいですか？」

「いいと思う。それからどうするの？」

「そこで落ち合い、少し話をして、あなたを別の刑事の手に委ねます。その人がこれが終わるまで、確実にあなたを守り、無事でいるようにさせます」

「いつわたしは家を出たらいい？」

「できるだけ早く。車でメルローズ・アヴェニューまでいき、右折して、店を目指して下さい。あなたの車はわたしを追い越すことになります。もし尾行されていたら、わたしが見分けることができるでしょう。それから、〈スターバックス〉で落ち合います。これができますか、ハンナ？」

「ええ。できると言ったでしょ」

「けっこう。歯ブラシや、一泊するのに要るかもしれないものをエコバッグに入れて下さい。だけど、あまりたくさんは持って出ないで。目立つのはいけません」

「あの、パソコンが要る。あした仕事があるので」

「オーケイ、パソコンは持っていてかまいません。持っていくエコバッグのなかにさらにバッグを入れているように見せて下さい」

「わかった」

「それから、マスクはどうです？　どんな色のマスクを持ってます？」

「黒よ」

「黒でいいです。それをつけて下さい」

バラードはロス市警に支給されているマスクを裏返しにして使わねばならないだろうとわかった。

「オーケイ、あともうひとつ、ハンナ」

バラードは下を向き、自分が着ているものを見た。アクトンからまっすぐここに来たため、カジュアルな服装をしていた。ジーンズと、シングルに借りた白いオクスフォード・シャツ。

「着られるジーンズと白いブラウスを持ってますか？」バラードは訊いた。

「あー、ジーンズはあります」ストーヴァルは言った。「みんな白いブラウスを持っていると思うけど、わたしは持ってません」

バラードは肩越しに後部座席を見た。そこにはさまざまな上着とほかの服を置いていた。

「フーディーはどうです？」バラードは訊いた。「赤かグレーのフーディーを持ってませんか？」

「ええ、グレーのを持ってる」ストーヴァルは言った。「ここにある。どうしてわたしの服のことを訊くの？」

「なぜならわたしがあなたの身代わりになるからです。〈スターバックス〉に来るとき、グレーのフーディーを着てきて下さい」

「わかった」

「あなたの髪の長さと色はどうです？」

「そこまで訊くんだ。茶色いショートです」

「かぶれる帽子は持ってますか？」

「ドジャースのキャップを持ってます」

「完璧。それをかぶり、出かけるまえにこの番号にメールか電話をして下さい。そうすることで、わたしは用意をします」

「メールする」

ふたりは通話を終えた。ハンナが監視している何者かの目を惹くようななにかをするんじゃないかとバラードは懸念した。だが、そのことをいまさら心配しても手遅れだった。

いまや応援を呼ぶ頃合いになった。バラードはみずからが所属している市警に疎外感を覚えるあまり、なかに入って助けを求めることができなかった。いまや安全網のない状態ですでに動いており、おそらくは来たる懲戒検討委員会の審問にさらなる餌を撒《ま》いているのだろう。自分の状況を見積もると、直属の上司が自分を解雇しようとしている一方、ミッドナイト・メン事件のパートナーはおよそパートナーと呼べるものではなかった。リサ・ムーアは、頼りにならず、怠惰で、恨みを抱いていることをみずから証明していた。

だれに電話をすればいいのか、バラードの心のなかには迷う余地がなかった。

彼はすぐに電話に出た。

「オーケイ、ハリー」バラードは言った。「いまこそあなたが必要なの」

41

ハンナ・ストーヴァルからのショートメッセージは二十分後に届いた。バラードはサムアップのマークを送り返し、サイドミラーを見ながら、待った。数分後、ノース・シトラス・アヴェニューから銀色のアウディが現れ、右折してメルローズ・アヴェニューに入るのが見えた。バラードは車が通り過ぎるのを確認し、運転手が青いドジャースのキャップをかぶっているのをかいま見た。

バラードの目はサイドミラーに戻り、しばらく待って、監視していた。二分が過ぎた。シトラス・アヴェニューから追跡車両は現れなかった。バラードは車を発進させ、アウディに追いつこうとメルローズ・アヴェニューをスピードを上げて進んだが、カーウェンガの交差点で信号に停められた。ようやく〈パヴィリオンズ〉の駐車場に入り、二本の走路をゆっくり走り、アウディを見つけた。そのとき、ドジャースのキャップをかぶった女性が所持品で重くなっているように見えるエコバッグを持って、スーパーマーケットに入っていくのをかいま見た。

　バラードは車を停め、急いで店の入り口に向かった。Ｃｏｖｉｄの注意書きによれば、ひとつのドアが入り口であり、出口は店正面の反対側にあるとのことだった。バラードが店内に足を踏み入れると、入り口を入ったところに〈スターバックス〉の店舗があった。四人の客が並んでおり、列の最後に重そうな買い物袋を持った女性がいた。バラードは列に並んでいるほかの客を確認したが、怪しそうなところは見当たらなかったので、列に加わった。

「ハンナ」バラードは囁いた。「レネイです」

　ストーヴァルは振り向いて、バラードを見た。バラードはこっそりとバッジを見せて、すぐにしまった。

「オーケイ、で、どうするの？」ストーヴァルが訊いた。

「コーヒーを買いましょう」バラードは言った。「それから話しましょう」

「なんの話をするの？　あなたは心底怖がらせてくれたのよ」

「すみません。でも、もうあなたは完全に安全です。計画についての話は、座ってからにしましょう」

　すぐにふたりは〈スターバックス〉のカウンターの端から離れたところにあるテー

ブルに座った。

「さて、もうひとりの捜査員をこちらに向かわせています」バラードは言った。「その人があなたをホテルにお連れします。あなたはそこでチェックインし、一泊して下さい。彼はそのあいだずっとあなたをガードします。うまくいけば、朝までに終わっているでしょう」

「なぜそいつらはわたしを選んだの？　わたしはだれかを傷つけたことなどないのに」

「われわれはやつらのパターンを調べてきましたが、まだすべての答えを手に入れたわけではありません。つまり、捕まえたときにすべてがわかるでしょう。それからあなたがご自分の身の回りに注意を払い、街灯に気づいて下さったおかげで、われわれはそれをおこなうのに絶好の立場にいます」

「見逃すわけがないわ。さっきも言ったように、あの街灯は夜にわたしの部屋の窓を照らしているんだから」

「まあ、あなたが気づいて下さって、われわれはとてもラッキーでした。では、同僚が到着するのを待っているあいだ、いくつかあなたのふだんの行動についてお訊きしたいことがあります」

バラードはミッドナイト・メンのほかの被害者たちに渡した調査票に含まれていた質問を訊ねはじめた。それらの大半を暗記しており、調査票の実際のコピーは必要なかった。まもなく、ストーヴァルがデルに住むシンディ・カーペンターよりもずっと被害者たちと共通事項が少ないことが判明した。ストーヴァルは先のふたりの被害者とそれなりに近いところに住んでいたものの、彼女たちの世界は、いくつか行きつけの地元のレストランがある以外は、どこかで交わっているようではなかった。パンデミックのあいだ、ストーヴァルは自宅で働き、食料品を買いにいくときを別にして、めったに家を離れていなかった。レストランにテイクアウトを買いにいくことすらせず、宅配サービスを選んでいた。宅配サービスは捜査の初期段階では関心の対象だった。先のふたりの被害者がときどきそれを利用していたからだ。だが、捜査員たちは、彼女たちが異なるサービスを利用しているのを知り、配達記録を見直したところ、彼女たちがおなじ配達員に届けられたことが一度もないと判断した。

プライベートの生活に関する質問になったとき、バラードは、ストーヴァルとほかの被害者たちとのあいだのつながりを見つけた。ストーヴァルは一度も結婚したことがなかったが、長期間続いた関係があり、ひどい終わり方をしていた。彼女のパートナーは、仕事をレイオフされ、ストーヴァルが、世界の大半と同様、ホームワークをせざるを得なくなったときに、ふたりの緊張感が高まった。

「わたしは一日じゅうZoomや電話に出ていて、それが彼に自分の失ったものを否《いや》が応《おう》でも思いださせたのよね」ストーヴァルは言った。「わたしが仕事を失っておらず、そしてお金を家に運んでいる存在でいることで、わたしに腹を立てはじめた。わたしたちはしょっちゅう言い争い、すぐにあの家はわたしたちふたりにとって十分な広さではなくなってしまった。家の権利はわたしが持っていたので、わたしは彼に出ていくよう頼んだ。ひどかったわ。そしてその件を話すのもひどかった」

「お気の毒に」バラードは言った。

「終わっていてほしいと願うだけ」

「あなたは乗り越えられますよ。約束します」

バラードはまわりを見て、ボッシュをさがしたが、彼の姿は見えなかった。また、自分たちを監視しているかもしれない人間の姿もさがした。気になる人間は見えなかった。

「あなたの元彼の名前はなんです？」バラードは訊いた。

「マジ？」ストーヴァルは言った。「なぜそれを知る必要があるの？」

「手に入れることができるあらゆる情報が必要なんです。すべてが関係し、あるいは重要であるとはかぎりません」

「別れたボーイフレンドの名前を渡すのは、いい気分がしないな。やっと相手の名前を呼び合うことなく、たがいにメールのやりとりをできるところに落ち着いたの。もしあなたが彼がミッドナイト・メンのひとりでないことを確かめるため、彼の家を訪ねたりしたら、この状態が完全に台無しになってしまうでしょう。彼が犯人じゃないのは保証するわ。いま街にはいないんだから」

「彼はどこにいるの？」

「カンクンだったかな。メキシコのどこかです」

「どうしてあなたはそれを知ってるの？」

「ショートメッセージを送ってきて、いまからメキシコにいく、と伝えてきたんです。カンクンだと思う。なぜなら、そこに一度ふたりでいったことがあって、彼はあそこを気に入っていたから」

「ということは、彼はＣｏｖｉｄを心配せず、外国にいったわけですか？」

「その点はわたしも訊いてみた。その時点でメキシコに飛行機で出入りできることすら知らなかった。Ｃｏｖｉｄを会社に持ち帰らないことを祈るわ、と言ってやった」

「あなたたちはいっしょに働いているということ？」

「まあ、パンデミックが来るまではそうだったの。そのあと、彼はレイオフされ、わたしは残った。それが大喧嘩《おおげんか》につながってしまった」

「手を出された？」

「いえ、いえ、そんな意味で言ったんじゃない。たんなる容赦ない口頭での喧嘩だった。一度も手を出す出されるということはなかった」

「だけど、いまは彼はあなたとおなじ職場に戻っている？」

「ええ、運輸局が彼を雇い直したんです。厳密に言うとわたしたちはおなじ場所で働いていますが、わたしはデザイナーで、ホームワーキングをしています。ギルバートはサービス技術員で、外で働いています。だから、Ｃｏｖｉｄを持ち帰らないでもらいたいと言ったんです」

「メキシコにいくと伝えることであなたを羨ましがらせようとしたんでしょうか？」

「いえ、そうは思いません。水着が見当たらないので、家に置き忘れてはいないかどうか確かめようとしたんです」

「レイオフから雇い直されたあとでバケーションを取るというのは、変じゃないですか？」

「ええ、少し。驚きました。だけど、ちょっと長めの週末になるだけだ、とわたしに言いました。何人かがそこにいくことになり、だれかがそこに別荘を持っているからという場当たり的な旅行だそうです。本気で質問なんかしなかったんです。彼の水着をさがし、ここにはないとショートメッセージで返信し、それだけでした」

バラードは再度あたりを見まわし、ボッシュがこんなにも長くかかっているのはなぜなんだろう、と訝《いぶか》った。だが、ボッシュはいた。商品受け取りカウンターのそばに立ち、会話に招き入れられるのを待っていた。バラードはボッシュに手を振って呼び、ストーヴァルに紹介した。ボッシュは別のテーブルから椅子を引っ張ってきて、腰を下ろした。

「オーケイ、じゃあ、全員がここにそろった」バラードは言った。「ハンナ、わたしたちがやりたいのは、こういうこと。わたしは今夜、あなたになりきる。あなたはすてきなホテルに泊まって。ハリーがあなたを見張っている。わたしはあなたの帽子とあなたの車を借りて、あなたの家に戻る。それから、家のなかで待機し、連中が動いた場合に備える。必要ならばいつでもわたしは応援を呼ぶことができる」

「そこにわたしの意見は必要なの？」ストーヴァルが訊いた。

「もちろん。これをするにはあなたの許可が必要なの。なにか変なところがある？」

「そもそも、そいつらはふたりいるんでしょ？　なのにあなたひとりしかいない」

ボッシュはうなずいた。電話で話し合ったとき、ボッシュもおなじ懸念を口にしていた。

「まあ、いまも言ったように、必要ならわたしは応援を呼べるの」バラードは言った。「それにほかの事件から、ひとりの犯人がかならずひとりだけで入り、被害者を動けなくしてから、もうひとりをなかに通しているのがわかっている。だから、一度にひとりしか心配する必要がない。わたしはそちらの確率に賭けたい」

「わかった、と思う。あなたは警察、専門家だものね」

「買い物をしていたように見せるため、いくつか買ってから、出ていくわ。あなたの車と家のキーが要る。あなたとハリーは、十分待って問題ないことを確認してから出ていってちょうだい」

「わかった」

「知っておくべき夜のルーティンはある？」

「ないな、思いつくのは」

「シャワーに関しては？　シャワーを浴びるのは、朝、それとも夜？」

「絶対に朝」

「わかった。なにかほかには？」

「なにも思いつかない」

「いつもはTVを点けている？」

「ニュースを見てる。CNNやトレヴァー・ノアの番組、それくらい」

「わかった。買い物袋にいくつか入れてから、出ていく」

バラードは店の入り口のところにいき、積み重ねられている買い物カゴを摑むと、青果物コーナーを歩いて、これからの寝ずの番に食べ物が必要な場合に備えて、リンゴやオレンジを選びはじめた。すぐにボッシュがバラードの隣にやってきた。

「念のため言っとくが、このやり方におれは納得していない」ボッシュは言った。

バラードはボッシュの背後を見て、ストーヴァルが〈スターバックス〉のスペースのそばにあるテーブルに座ったままでいるのを確かめた。

「心配しすぎよ、ハリー」バラードは言った。「なにか聞こえたらすぐ応援を呼ぶわ。二分で到着する」

「もし彼らが来るならな。きみはこの件を完全に記録に残らない形でおこなってお り、通信センターはきみが救援要請をしても、きみがなにをしているのか知らないんだぞ」

「こういう形でやらなければならないの。わたしが記録から外れていい、い、いるせいで。それに心の底でこの事件や被害者のことを気にもしていない人間にこの件を手渡すつもりはない。この事件を解決するよりも仕返しに利用したがる人間なんかに」

「彼女以外にも関わらせることができる人間がいるだろうし、きみはそのことをわかっている。どんなに危険な目に遭おうとも、きみはこれを自分でやりたがっているだけだ」

「それは大げさな言い方だと思うよ、ハリー」

「いや、そうだ。だが、きみの気持ちが変わらないのはわかっている。だから、毎正時におれに電話してくれ、いいな？」

「わかった」

「よし」

バラードは買い物カゴにサツマイモを入れ、必要なら一晩やり過ごせるだけのものは手に入ったと判断した。

「レジを済ませたら、彼女の家に向かうわ」

「オーケイ。いいか、毎正時にだぞ」

「了解。もし彼女と話す時間があれば、元彼のことを訊いて」

「そいつのなにを？」

「わからない——なにか変な気がするの。カーペンターの別れた夫にもおなじ感じがした。ハンナの元彼は去年ほとんどレイオフされていたのにメキシコでいま長い週末休暇を取っている。わたしには都合がよすぎる気がする」

「ああ、確かに」

「とにかく、いかなきゃ」

バラードはレジカウンターに向かい、数歩進んだところで振り返った。

「ねえ、ハリー、こないだの夜、わたしが私立探偵になって、あなたといっしょに働くというジョークを言ったの覚えてる？」

「ああ、もちろん」

「もしそれがジョークじゃなかったら？」

「あー……そうだな、そうなればおれにはありがたいことになるだろう」

バラードはうなずいた。

「オーケイ」バラードは言った。

42

ノース・シトラス・アヴェニューにある家に戻る車のなかで、バラードはハンナ・ストーヴァルに電話をかけ、さらなる質問をしなければならなかった。こうすることでストーヴァルの自分への信用を損ねるリスクがあるのはわかっていたが、さまざまな疑問や判断が浮かんでくるにつれ、計画が刻々と変化していることを少なくとも自分自身に認めさせざるをえなかった。

電話をかけたとき、ストーヴァルはボッシュの車に乗っていた。

「ハンナ、どうやって車庫をあけられるのかな？　リモコンが見当たらないんだけど」

「車にプログラムされている。バックミラーの下にボタンがある。実際には三つのボタンがあるんだけど、どれを押してもいい」

「オーケイ、わかった。それから訊くのを忘れていたけど、アラームは設定されている?」

「あるけど、一度も使ったことがない。誤作動が多すぎて。それに車庫からキッチンにつながっているドアにはアラームは付いていない。そこはすでに室内だから」

「それから、夜に散歩をするのは、ふだんの行動じゃない? このまわりの土地の様子を知りたくて」

「それを言っておくべきだったわ。仕事が終わると、いつも散歩している。頭のなかをすっきりさせるために。近所を二ブロックほど歩くだけ」

「オーケイ」

バラードはどうやってこれを扱おうと考えて黙りこんだ。散歩の時間はいまだった。

「刑事さん?」

「はい、えっと、これで十分です。散歩するときどんな服装をしています?」

「そうね、着替えたりせずに、そのとき着ている格好で」

「オーケイ、わかりました。帽子はどうです?」

「たまに帽子をかぶってる」

「オーケイ、いいわ」

「なにかあったら教えてくれるんでしょ？」

「もちろん。あなたが最初に知る人になります」

三分後、バラードはアウディをストーヴァルの家の私設車道に入れ、ボタンを押して車庫をあけた。携帯電話を左の耳に押し当て、だれか見張っている人間がいたとしても顔が部分的にしか見えないようにして話をしているふりをした。午後六時近くになっていて、太陽は空から沈んでいた。徐々に暗闇の時間帯《ダーク・アワーズ》が近づいていた。

バラードは車を車庫に入れ、ふたたびボタンを押して、車庫のドアが閉まるのを待ってから車を降りた。

ストーヴァルから渡された鍵束に付いている鍵を使って、車庫からキッチンに通じているドアをあけた。バラードは室内に入り、明かりを点けるため、壁のスイッチを押し、キッチンにじっと佇《たたず》んで、室内の物音に耳を澄ました。冷蔵庫の低いブーンという音しか聞こえなかった。〈パヴィリオンズ〉で買った青果を入れた袋をカウンターに置き、リンゴとオレンジを取りだすと、冷蔵庫の棚に置き、カウンターにサツマイモを置いた。それからジーンズの裾に屈《かが》みこんで、足首のホルスターに収めていたボッシュの銃を引き抜いた。

バラードは家のなかをゆっくりと移動して、各部屋を調べた。キッチンには、ダイニングに通じているアーチ型の出入口があり、第二の出入口は家の奥につづく廊下につながっていた。バラードはダイニングからリビングに移動した。暖炉があり、その上に液晶TVが設置されていた。玄関ドアを確認したところ、鍵がかかっていた。

次に廊下を通り、来客用の寝室を調べ、パンデミックのあいだ、あるいはそのまえにオフィスに改造されていたもうひとつの寝室とバスルームを調べた。最後に足を止めたのは、主寝室だった。ウォークイン・クローゼットと広いバスルームが備わっていた。そのマスター・スイートは、家の後方すべてのスペースを占めており、バスルームには、裏口のドアがついていた。二重ロックになっていたが、バラードは暗くなりすぎるまえに庭を調べるため、そのドアをあけた。ストーヴァルは、バスルームのドアの外にある木のデッキにシッティングエリアを設けていた。テーブルには灰皿が置いてあり、なかに入っている吸い殻を捨てる必要があった。

庭の残りの部分は板張りのフェンスに囲まれていて、市のゴミ容器とリサイクル容器を置いておくための囲いもあった。その囲いには、鍵のかかった木製の門があり、裏のゴミ収集用路地に通じていた。

バラードはズボンの背中のくびれにあたるところに銃を差しこみ、そのうえにフーディーをかぶせた。路地に足を踏み入れ、北と南を確認したが、車両あるいは、疑念や懸念をかきたてるようなものはなにも見えなかった。電話が鳴り、ボッシュがかけてきたのがわかった。

「Wホテルにいる。隣り合った二部屋を取った。ここに滞在し、食事はルームサービスでまかなうつもりだ」

「けっこう。わたしは、いま家にいる」

「おれはまだ気に入らないんだ、きみがそこにひとりでいることが。おれはそっちにいるべきだ、ここじゃなく」

「うまくやるわ。いまからハリウッド分署に連絡して、待機させるつもり」

「連中がこれを気に入らないのはわかってるだろ」

「だけど、向こうには選択肢がない」

沈黙が下り、ボッシュは考えてから、返事をした。

「きみはなぜこんなことをするんだ、レネイ？　ばかげた行動だ。きみにしっかりした計画があるようには聞こえなかった。なぜ、連中に渡して、任せようとしないんだ？」

「ハリー、いまの市警の状態をあなたは知らない。わたしは彼らが失敗しないと信じることができない」

「とにかく、連絡は絶やさないようにしてくれ」

「わかってる、毎正時に。こちらから連絡する」

バラードは電話を切り、しばらく路地に立ったまま、計画を練った。ストーヴァルの家はオークウッドの交差点から二軒離れたところにあった。玄関ドアを出て、ストーヴァルのふりをして散歩をし、路地を通って家の裏にすぐに戻ってこられるのがわかった――そして家のなかに入り、ミッドナイト・メンが動いた場合の用意を整えて待つ。

バラードは庭に戻り、ゴミ用の囲いのドアを鍵をかけないままにした。喫煙用デッキのドアから家のなかに入り、そのドアも鍵をかけずにおいた。

ウォークイン・クローゼットのなかに、帽子の小規模なコレクションを見つけた。ドジャースのキャップより顔を隠してくれそうなものがバラードは欲しかった。ガーデニングやそれ以外の屋外での用事用に幅広いペラペラの縁がついている布製の帽子を見つけた。バラードの髪の毛はストーヴァルの髪の毛よりも少しだけ色が濃くて長かったため、ポニーテールにまとめてから、帽子をかぶった。また、ストーヴァルよりも細身だった。ハンガーを見ていき、嵩張《かさば》るが、冬の夜の散歩用として通用するウインドブレーカーを見つけた。バラードは自分のフーディーを脱いで、ウインドブレーカーを羽織り、出かける用意をした。

出かけようと身を翻したとき、バラードは、クローゼットの扉の内側にスライド錠があるのを目にした。扉を閉め、スライド錠をかけ、扉のセキュリティを試した。扉はしっかり錠がかかり、ストーヴァルがクローゼットを安全を守るための隠し部屋にしているのを悟った。それは賢い動きだった。

バラードはクローゼットのなかを見まわし、バックパックになっている救命袋だけでなく、棚にＷｉ－Ｆｉのルーターがあるのを見つけた。ストーヴァルはまさかの場合の準備をちゃんとしており、必要な場合にここが避難場所になることをよく知っていた。

出かけるまえにバラードは家のなかをもう一度歩きまわって、どの明かりを点けておくべきか決めた。いったん裏口から家のなかに戻ればどの明かりも点けられないだろう。点ければバラードが家のなかにいるのを見張っているかもしれない人間に、警戒させてしまうかもしれないからだ。バラードはマスター・クローゼットの明かりを灯したままにし、キッチンとリビングの明かりも同様にした。

玄関ドアで、バラードはさらなる変装のためマスクを鼻まで持ち上げ、ワイヤレス・イヤフォンを耳に突っこみ、家から出発した。玄関ドアに鍵をかけ、ストーヴァルから渡された鍵束をウインドブレーカーのポケットに入れた。

バラードは庭石の道を通って歩道に出た。どちらにいこうか決めようとしているかのように左右を確認する。目で通りに停まっている車をざっと見たが、もうかなり暗くなっていて、どの車も見分けがつかなかった。ミッドナイト・メンは監視し、待機しているかもしれなかったが、バラードに知る術はなかった。バラードは、携帯電話を取りだし、聴く音楽を選んでいるかのように画面に顔を向けたが、実際には、通りの様子をうかがいつづけた。目は帽子の縁の線の真下からまわりを見ていた。やがて携帯電話をしまい、あたかもはじめて気がついたかのように消えている街灯を見上げると、オークウッド方面に南へ向かった。

バラードはキビキビと交差点まで歩き、右に曲がった。路地にたどりつくとすぐにまた右に曲がり、歩調を速めた。ゴミ用の囲いを通り抜け、庭に入るまで、玄関ドアを閉めてから三分もかからなかった。侵入する時間があったとは思っていなかったが、バラードは銃をウインドブレーカーの背中部分の下から抜き取り、デッキのドアから室内に入った。いつでも撃てる位置に銃を構えて、バラードは部屋から部屋に移動し、自分がすでに家に戻っていることがわかるかもしれないので、窓から離れているよう注意した。

最後に車庫を確認した。アウディをぐるっと一周し、なかを覗きこんで、下も見た。侵入の兆候はいっさい見当たらなかった。

室内に戻り、もう一度、家のなかを調べた。待機し、準備しておくのにもっともいい場所をさがした。ホームオフィスに決めた。そこが家のなかでもっとも中央に位置している部屋であり、侵入が発生した場合、身を隠すのに選択肢がふたつあったからだ。引き戸の付いたクローゼットがあり、そこは大きな未使用のスペースになっていた。そして戸口の左側の壁沿いに、四段式の自立型ファイル・キャビネットがあり、出入口からの死角を提供してくれていた。

バラードは机の椅子を引いて、腰を下ろした。机に銃を置き、携帯電話を取りだす。リサ・ムーアを呼びだした。リサがこの電話に出るとは期待していなかったが――木曜日にあんなメッセージをバラードが残したあとでは。電話はヴォイス・メールにつながり、バラードは電話を切った。それからバラードはショートメッセージを書いた。

リサ、MMを捕まえる役割を果たしたいなら、折り返し連絡して。わたしは次の被害者の家に座っている。今夜は出勤しているの？

バラードはそのメッセージを送り、少なくともムーアに彼女自身の事件に関与する機会を与えたことに満足した。次にノイマイアーのデスクの固定電話を呼びだした。彼の携帯電話番号を知らなかったからだ。それがこの性急な計画に現れた最初の欠陥だった。電話はヴォイス・メールにつながり、ノイマイアーの声が聞こえてきた――

「こちらノイマイアー刑事。わたしは一月十九日まで、街を離れています。あなたの連絡にお応えするのは、そのときになります。もし緊急の用件であるなら、911をダイヤルして下さい。もしこれが捜査中の事件のことであるなら、刑事部の直通番号に連絡し、ムーア刑事ないしクラーク刑事を呼びだして下さい。ありがとうございます」

いますぐロビンスン＝レノルズに連絡するか、少なくともローニン・クラークに連絡すべきだとわかっていたが、バラードはどちらもしなかった。待ってみて、リサ・ムーアから折り返しの電話がかかってくるかどうか確かめることにした。

軽率で不完全な計画がいまやバラードの身に重くのしかかってきた。ボッシュに連絡して、応援としてここにいるという彼の提案を受けることを考えた。だが、ハンナ・ストーヴァルを無防備なまま放っておくことはできないとわかっていた。ミッドナイト・メンがハンナの現在の居場所を摑んでいるということがどんなに低い可能性であったとしても。これほど不完全な計画を立てて、性急に動いた自分の動機を検討してみようとした。それは仕事と市警とまわりの人間に対する幻滅が募っていくなかで生まれたものだとわかっていた。だが、ボッシュに対してではない。ボッシュは変わらないものだった。ボッシュは市警全体よりもずっと揺るがなかった。

バラードは〈ドッグ・ハウス〉のプレイルームの画像を呼びだし、ピントの様子を確認することで、陰鬱な考えを追い払おうとした。画面上の映像は粒子が粗く、小さかったが、どうにかピントがベンチの下で伏せており、ほかの犬たちの行動を見つめているのがわかった。おそらく臆病すぎて、仲間に加われないでいる。バラードはこの小さな犬を愛するところまでたちまち達していて、だれかが彼を虐待し、捨てた理由が不思議でならなかった。

どういうわけか、相反する思考のなかで、バラードは決断を下した。いまこの瞬間に決まったことかもしれないが、ずっとまえからこの瞬間がやってくるのはわかっていたのだ。

バラードは動画配信をクリックして消し、ロビンスン＝レノルズ警部補に短い電子メールを書いた。それを二度読み返してから、送信ボタンを押した。

すぐにバラードは安堵感《あんどかん》と確信に満ちた気持ちでいっぱいになった。正しい決断を下したのだ。もう振り返りはしない。

彼女の思考はリサ・ムーアの携帯番号からの折り返しの電話に遮られた。

「いったいなにをしてるの、レネイ？」

「わたしがなにをしているかですって？　ええと。わたしは確かな手がかりを手に入れ、それを追っているところ。型にはまらない考えに聞こえるとは思うけど――」

「あなたは停職中よ。いまベンチにいるのよ」

「ミッドナイト・メンはベンチにいると思う？　あなたが彼らを怖がらせて追い払ったと思う？　警部補の鼻を折ろうとしてあなたが先週やったちんけな行動は、連中の行動を変えさせただけなんだよ、リサ。連中はまだ外にいる。そしてわたしは連中がどこにいくのか知ってるの。連中はわたしのところに来るんだ」

「あなたはどこにいるの？」

「いいから聞きなさい、待機して。必要になったら連絡する」

「レネイ、聞いてちょうだい。なにか変。あなたの判断はズレてる。あなたがどこにいようと、あなたには応援が必要だし、あなたには計画が必要。こんな危険な行動をして、あなたは自分を排除させるのに必要なものを市警に渡しているのよ。それがわからないの？」

「手遅れよ。こちらから排除した」

「いったいなんの話？」

「わたしはたったいま辞めたの。警部補に辞表を送った」

「そんなことしちゃだめよ、レネイ。あなたはとても優秀な警官なんだから」

「もう辞めたの」

「だとしたら、いまなにをしてるの？　そこから出て、応援を呼びなさい。あなたは自分を危険にさらしている。あなたは――」

「わたしはいつも危険な目に遭ってきた。だけど、もうわたしは警官じゃないの。ということは、もうルールはない。あなたが必要になったら連絡するわ。もしあなたが必要になったらね」

「わからない。いったいあなたは――」

バラードは電話を切った。そしてたちまち感じていた自分の判断に対する多幸感や確信がスルスルと消えていきはじめた。

「クソ」バラードは言った。

バラードは立ち上がると、携帯を尻ポケットに滑りこませた。銃を手に取り、脇に下ろす。ドアに歩いていき、暗闇のなかで行動する必要が生じた場合に、家のなかの間取りを覚えこんでいられるようにもう一度家のなかを見てまわろうと決めた。廊下に入ったちょうどそのとき、家が揺れはじめた。地震ではなく、たんなる低い振動音によってだった。細かく震えている。だれかが車庫の扉をあけようとしているのだ、とバラードは悟った。

43

バラードは明かりを消したオフィスにすばやく戻った。最初、戸口に立って、待った。廊下から、リビングと玄関ドアまでが一望できた。左側のアーチ型の出入口を通ると、キッチンであり、そこを通じて、車庫につながっているドアの端が見えた。バラードはその地点にじっとして、銃は脇に下ろしたままでいた。

すぐに床の細かな振動が再開され、車庫の扉が閉まっていくのがバラードにはわかった。少しして、キッチンのドアのノブがまわりはじめたのが見えた。ドアが内側にひらき、最初、入ってくる人間の姿を遮った。

次の瞬間、ドアが閉まり、ダークブルーのカバーオール姿の男がそこに立って、先ほどバラードがしたように家のなかの物音に耳を澄ました。バラードはホームオフィスの陰のなかにさらに引っこんだが、男から目は離さずにいた。バラードは息をしていなかった。

男は黒いラテックス製の手袋をはめ、緑のスキー帽をかぶっていたが、家のなかにだれかがいると思っていなかったので、スキー帽は顔の上までまくり上げていた。ハンナ・ストーヴァルが散歩から戻ってきたら、顔の下まで引き下ろすつもりなのだろう。男はカバーオールにストラップでウェストポーチを留めており、正面にポーチがきていた。眉ともみあげから、男が赤毛であることがわかった。

「オーケイ、なかに入った」男は言った。「あの女の気配は?」

バラードは凍りついた。男はだれかと話していた。すると、男の右耳に白いイヤフォンがはまっているのが見えた。コードはついていない。男の右上腕にランナー向けアームバンドで留められている携帯電話とブルートゥースでつながっていた。

バラードはこれに対する計画は立てていなかった——彼らが頻繁にコミュニケーションを取っていたとは。非常に欠陥の多い計画のあらたな欠陥だった。

「オーケイ」男は言った。「見てまわる。あの女を見たら教えてくれ」

男は、バラードがキッチンを見ていたわずかな隙間から移動して消えた。冷蔵庫があいて、また閉められる音が聞こえた。次に木の床の上を歩く足音が聞こえ、男がリビングを歩きまわっているのがわかった。また、正体不明の音も聞こえた。不規則な間隔をあけてなにかをパンパンと叩く音だ。また男の声が聞こえたが、今回はかなり離れて聞こえた。

「あのクソ女は冷蔵庫にほとんど食べ物を入れていやがらない」

男はリビングの廊下に近い入り口を横切り、バラードは自分が冷蔵庫に入れていたリンゴの一個を男が繰り返し上に放り投げているのを見た。パンパンという音は、男がリンゴを受け止めるときの音だった。考えねばならない、とバラードは思った。もし赤毛が相棒と頻繁に連絡を取っているなら、相棒がそれと知って、逃げださぬように男を確保する方法を考えださねばならなかった。

バラードはふたりとも捕まえたかった。

足音が大きくなり、バラードは、男が廊下のほうに近づいてきたのを知った。すばやく、音を立てぬようにして、ファイル・キャビネットの死角側に移動し、壁に背中を押しつけて沈みこみ、しゃがんだ姿勢を取った。両手で銃を握り、膝のあいだに置く。

足音が止まり、天井の明かりが灯った。すると男はまた話しだした。

「ホームオフィスに入った。ダブル・モニターだ。驚いた、あの女はここでたいした仕事をしてるぜ……。おれのセットアップ用に一台持っていく必要があるかもしれん」

明かりが消え、足音が廊下を進んでいった。バラードは男が廊下のバスルームと来客用寝室、マスター・スイートルームのなかで見たものを報告しているのを聞いた。

明らかに彼らの犯行手口は変化していた。マスコミに報道されたせいか、ストーヴァルのステイホーム・スケジュールに影響されてそうなったのか。どちらにせよ、侵入は過去三件よりもかなり早い時間帯におこなわれた。これは彼らが何時間も隠れ、ストーヴァルが眠るのを待つ気がなくなったことを意味している可能性が高い、とバラードは思った。彼らの計画はいまやすばやく動きだし、ストーヴァルを無力化して、制圧し、第二の男をやってこさせることだ、とバラードは考えた。マスター・スイートルームはたぶん隠れ場所としては外されているのだろう。散歩から戻ってきてストーヴァルが向かうのはそこになるだろうから。それで残るのは、スペアの寝室とオフィスと廊下のバスルームになる。オフィスがもっとも確率が高い、とバラードは思った。机が一方の壁に押しつけて設置されており、クローゼットが真向かいにあった。つまり、もしストーヴァルが机に座っていたら、彼女の背中はクローゼットの扉に向いていることになる。赤毛は彼女にうしろから襲いかかることができるだろう――もしストーヴァルが家に戻ったあとで仕事を再開したとしたら。

バラードは待った。赤毛がオフィスに戻ってきたときに自分がおこなう動きを頭のなかでリハーサルする。もし赤毛がこちらを見たときの動き、もしこちらに気づかずにクローゼットをチェックしようと向かったときの動き。

「なあ、あの女はクローゼットを隠し部屋にしていやがる。あの男はそんなことおれたちに言わなかったぞ」

沈黙が下り、バラードは二番めに言ったことが意味するものについて考えた。

「オーケイ、オーケイ、見てくる。まだあの女の姿はないと言ったよな」

沈黙。

「わかった、じゃあ」

その言葉にバラードはたじろぎそうになった。かなり近くで聞こえたのだ。赤毛はオフィスに戻ってこようとしていた。

「オフィスが捕まえる場所になると考えてるんだ」

そう言って赤毛は部屋に入ってきて、天井の明かりがまた灯った。バラードに気づかずに男はファイル・キャビネットのまえを通り過ぎ、まっすぐクローゼットに向かった。バラードはためらわなかった。バラードはしゃがんでいる姿勢から跳ね上がり、男の背中に向かった。男がクローゼットの扉をあけようとしたとき、バラードは男の右耳に手を伸ばし、イヤフォンを摑んで外した。それと同時に左手で銃を持ち上げ、銃口を男の盆《ぼん》の窪《くぼ》に押し当てた。てのひらにイヤフォンを強く握りこんで、バラードは囁いた。「生きていたいなら、一言もしゃべるな」

バラードはイヤフォンをポケットに入れ、男の襟のうしろを摑んで、うしろに引っ張った。その間ずっと銃を押しつけたまま、囁き声でつづけた。

「しゃがめ、ひざまずくんだ」

男はそうした。おとなしく従っていることを示すため、両手を肩の高さに上げていた。バラードは男のアームバンドから携帯電話を引きはがした。画面はスチュアートという名で示されているだれかと電話がつながっていることを示していた。バラードは携帯電話をスピーカー・モードに切り換えた。

「……起こった？　おい、聞こえてるか？」

バラードはミュート・ボタンを押し、携帯電話を男の顔のまえに持っていった。

「さて、これのミュートを解除したら、あんたは、なにも問題なく、クローゼットのなかの箱につまずいて転んだんだ、と話すの。わかった？　ほかのなにかを言ったら、それがあんたが口にする最後の言葉になるからね」

「おまえは何者だ、警官か？」

バラードは銃の撃鉄を親指で起こした。その明白なクリック音がメッセージを伝えた。

「オーケイ、オーケイ。話すよ、話す」

「さあ」

バラードは携帯電話のミュートを解除し、男の口元に持っていった。

「すまん、つまずいたんだ。ここに箱とかなんかがあったんだ」

「大丈夫か、ブライ？」

「ああ、ちょっと膝をぶつけてしまったくらいだ。まったく無問題《モウマンタイ》だ」

「ほんとか？」

バラードはミュート・ボタンを押した。

「ほんとだと答えて」バラードは言った。「それから女の監視をつづけてと言いなさい。さあ」

バラードはミュートを解除した。

「ほんとさ。あの女を見かけたら連絡してくれ」

「わかった、相棒」

バラードはふたたびミュート・ボタンを押し、携帯電話を机に置いた。

「オーケイ、じっとしてて」

片手で銃を頭に押し当てたまま、バラードはウェストポーチに手を伸ばし、留め金を手探りしたが、なにも見つからなかった。

「オーケイ、片手を下ろして、ウェストポーチを外しなさい」

男は右手を伸ばした。バラードはパチリという音を耳にし、男の手がストラップを摑んでウェストポーチを持ち上げるのを見た。

「それを床に落としなさい」

男は従った。バラードはあいているほうの手で、男のボディーチェックをし、カバーオールのポケットを確認した。なにも見つからなかった。

「オーケイ、床にうつぶせになってもらうわ。さあ」

またしても男は従ったが、抗議もした。

「あんたは何者なんだ？」そう言いながら、男は体を沈めた。

「うつぶせになりなさい。それからこちらが話せと言わないかぎり、しゃべらないで。わかった？」

男はなにも言わなかった。バラードは銃口を盆の窪にさらに押しつけた。

「ねえ、わかったの？」

「ああ、落ち着いてくれ、わかったよ」

男は床にうつぶせになり、バラードはその間ずっと男の首に銃を押し当てたまま、男の背中に片方の膝を置いた。

バラードは手錠を車の備品キットのなかに入れていることに気づいた。非番で、ギャレットに会いに向かっているときにそこに入れたのだ。これまた計画のあらたな欠陥だった。

バラードは赤毛が床に落としたばかりのウェストポーチに手を伸ばした。

「ここになにを入れているのか見せてもらうわ」バラードは言った。

バラードはウェストポーチを男の背中に置き、ジッパーをひらいた。なかにはダクトテープ、折りたたみ式ナイフ、ハンナ・ストーヴァルに使うためにダクトテープであらかじめこしらえてある剝離式の裏地をつけた目かくしが入っていた。ひとつながりのコンドームと車庫のリモコンもあった。

「ここにはレイプ・キットが揃《そろ》っているようね、ブライ？」バラードは言った。「あんたの相棒が呼んでいたようにブライと呼んでもいい？」

床の男は反応しなかった。

「あんたのテープを使わせてもらってかまわないかな？」バラードは訊いた。

またしても答えはなかった。

「それをイエスの意味だと受け取るわ」バラードは言った。

銃を男の背に移動させてから、バラードは男の両手を引っ張って合わせ、ダクトテープを手首に巻いた。ロールからほどいてグルグル巻いていく。男がなんとかして手首のあいだに隙を保とうとしているのが感触でわかった。

「抗うのを止めなさい」バラードは命令した。

「抗ってなんかいない」男は床に向かって叫んだ。「ずっと手首をいっしょに合わせておくことができないんだ」

バラードは親指でナイフの刃をひらき、テープを切った。それから銃を摑んで立ち上がった。テープとナイフを机に置くと、下に手を伸ばし、スキー帽を手荒く男の頭からはぎ取った。その反動で、男は顔を床にぶつけ、赤毛がバサリと広がった。

「クソッタレ！　唇が切れたじゃねえか！」

「それくらいたいしたことじゃないでしょ」

バラードは手を伸ばし、車庫をあけるリモコンを手に取った。自分のマンションの家主から渡されたようなプログラム可能なリモコンだ、と気づいた。家主は、セキュリティ手段のひとつとして、管理組合は年に一度、暗証番号を変更することになっており、そのときになったら新しい組み合わせ番号を連絡する、とバラードに言ったのだった。いまやバラードはミッドナイト・メンがそれぞれの被害者の家に入った方法を理解した。

「だれが車庫の暗証番号をあんたに教えたの？」バラードは訊いた。

返事は来なかった。

「かまわない。かならず突き止めてやる」

バラードは男から膝を外し、横に移動した。

「横を向いて、顔を見せなさい」

男は言われたようにした。唇に少量の血が付いているのが見えた。男は若く見えた。二十五歳より上ということはないだろう。

「あんたのフルネームはなに？」

「名前を言う気はない。逮捕したけりゃ、すればいい。おれは侵入した、たいしたこっちゃない。逮捕してくれ。どうなることやら」

「悪い知らせだよ、坊や。わたしは警官じゃないし、あんたを逮捕するためにここにいるのでもない」

「いいかげんなことを。あんたが警官なのはわかる」

バラードは身をかがめ、リボルバーを相手の見えるところに掲げた。

「警官は手錠を持っているんだ。警官はこんな小さなリボルバーを持っていない。だけど、あんたとあんたの相棒をわれわれが捕まえたとき、あんたはわれわれが逮捕手続きを取ってくれればよかったのにと悔やむだろう」

「ああ、われわれってのはだれだ？　ここにはほかにだれも見えないぜ」

「すぐにわかるよ」

バラードは男が起き上がれないように足首にもテープを巻きたかったが、このまま話させておきたくもあった。男は価値ある情報をまだなにも口にしていなかったが、しゃべればしゃべるほど、うっかり口を滑らせて、役に立つ情報あるいは重要な情報を漏らす機会が増えるだろう、とバラードは思った。

「写真のことを話しな」

「なんの写真だ？」

「それから動画のことを。あんたとあんたの仲間がレイプを記録しているのはわかってる。なんのためだ？　自分たち自身のためか、ほかのだれかのためなのか？」

「いったいなんの話をしているのかさっぱりわからねえ。レイプってなんだよ？　おれは盗みを働くため侵入した、それだけだ」

「で、電話で話していたのは何者なの？」

「逃走用の運転手だ」

男は右の頰を下にして、バラードを見上げられるよう、床の上で身じろぎした。バラードは携帯電話を取りだして、身をかがめて、男の写真を撮影した。男はすぐに首をねじり、ふたたび床に顔を伏せた。

「この写真はインターネットにばらまかれる。世界じゅうのだれも彼もがあんたが何者であり、なにをしたのか知るようになる」

「うるせい」

「どうやって彼女たちを選んだの？　女性たちを」

「弁護士を要求する」

「わかってないようね、ブライアン、あんたは警察の手のなかにいるんじゃないってことを。あるいは、言わば、伝統的な司法制度のなかにいるんじゃないってことを。あんたの言ったことは半分だけ正しかった。わたしは警官だった。だけど、もうそうじゃない。司法制度が機能していないので、辞めたんだ。無辜《むこ》の人々をあんたのようなモンスターから守るためにやるはずだったことを司法制度はやらないんだ。あんたはいま異なる司法制度に囚《とら》われている。われわれが知りたいことをあんたは話すことになり、自分のしたことに対する回答をその身で知ることになるんだ」

「わかってるか、あんたは頭がおかしいぞ」

「隠し部屋についてあの男はなにも言わなかったとあんたが言っていたのは、どういう意味なの？」

「いったいなんの話なのかわからない。おれはそんなことを言ってない」

「だれがあんたにハンナ・ストーヴァルの話をしたの？」

「それはだれだ？」

「だれがあんたに車庫の暗証番号を教えたの？」

「だれでもない。弁護士を要求する。いますぐ」

「ここにはあんたを助けてくれる弁護士はいないよ。ここには法律は存在していない」

携帯電話が鳴りだした。バラードはそれを抜いて、画面を確かめた。ハリー・ボッシュだった。画面上の時刻は、一時間ごとの確認電話から十分遅れていることを示していた。バラードはその電話に出て、先に話した。

「やつらのひとりを捕らえた」バラードは言った。

「どういう意味だ、やつらのひとりを捕らえたというのは？」ボッシュが訊いた。

「いま言ったとおりのこと。もうひとりを捕まえたらすぐに迎えにくるようあなたに連絡する」

ボッシュはいったん黙り、なにが起こっているのか徐々に把握した。

「いまこいつに訊問《じんもん》しているところ」バラードは言った。「訊問しようとしている。もし話そうとしないなら、あなたのやり方でしゃべらせることができる」

「これから向かう」

「それはいいわね。そんなふうにもできる」

「きみがそいつを引っかけようとしているのはわかる。おれから警察に連絡させたいか？」

「いえ、まだいい。万事順調」

「とにかく、そっちへ向かう。ほんとだぞ」

バラードは電話を切り、携帯電話を机に置いた。侵入者の電話を手に取り、それがパスコードで保護されているのに気づいた。だが、それはショートメッセージのプレビューが出るように設定されており、画面上にメッセージの一部が表示された。


あの男と話した。隠し部屋はあとから追加され

メッセージはそこで切れていた。

「メッセージが入ってるよ、ブライ」バラードは言った。

「おれの携帯電話を見るには令状が要るぞ」ブライアンは言った。

バラードは作り笑いをした。

「あんたの言うとおりだ……もしわたしが警察官だったらね。とにかく、メッセージはあんたの相棒から届いたものよ。こう書いてある、『あの男に確認した、クローゼットの隠し部屋はあとから追加されたものだ』ですって。あとからってなに？　ハンナがあいつを表に蹴りだしたあと？ 自分の人生から失せやがれと言われたあと？」

「あんたらは何者なんだ？」ブライアンが言った。

口調が変わっていた。自信たっぷりで、優越感に満ちた口調が失われていた。バラードはブライアンを見おろした。

「もうすぐわかるでしょう」バラードは言った。「わたしの質問に答えたほうが、はるかに楽だったと思えるようになるでしょうね。ハンナ・ストーヴァルの話をあなたにしたのはだれなの？」

「あのな、おれを警察に連れていってくれ、いいな？」ブライアンは言った。「おれを突きだしてくれ」

「そんなことにはならな――」

家の前方から突然なにかの砕ける音がした。

バラードは驚き、銃を掲げて廊下に移動した。玄関ホールのほうを見ると、家の玄関ドアが大きくひらいており、錠があったところのドアの脇柱が砕けていた。だが、バラードの視界には、だれの姿もなかった。その瞬間、床の男が相棒に暗号を伝えていたのをバラードは悟った。無問題《モウマンタイ》――それを口にしたとき奇妙な言葉だとバラードは思ったが、それが暗号だと脳のなかでカチリとはまらなかったのだ。

「ここだ！」ブライアンが叫んだ。「ここだ！」

バラードが背後のオフィスに視線を向けると、赤毛が手首を上下にこすり合わせ、くくりつけられたテープを伸ばそうとしているのが見えた。

「動くんじゃない！」バラードは叫んだ。

男はバラードの言葉を無視し、エンジンの二本のピストンのように手首を激しく動かしつづけた。

「動くな《フリーズ》！」

バラードは銃を掲げて、男に狙いを付けた。うつぶせになっていた男は顔を起こしてバラードを見上げ、ただ笑みを浮かべた。

周辺視野でバラードは左側に動きを見た。そちらを見ると、青いカバーオールとスキー帽姿のもうひとりの男がキッチンの戸口から廊下にやってくるのが見えた。男は迷うことなくバラードに近づいた。バラードは左側に狙いを変えたが、男は恐ろしいスピードでバラードに迫っており、バラードが銃を発砲するのと同時に肩からぶつかってきた。

発射音はふたりの体のあいだでくぐもった音になり、ふたりとも廊下の床に勢いよく倒れた。覆面をした男はバラードから転がって離れ、胸のまえで両腕をクロスさせてうめいていた。バラードは相手の胸に発砲した銃弾の焼けた痕と射入口の傷を目にした。

「スチュアート!」

その叫び声はオフィスからやってきた。バラードは赤毛の男が廊下に走りこんでくる振動が床から背中に伝わるのを感じた。男は机からナイフを摑み取っており、まだダクトテープが手首に付いている手に握っているのをバラードは見た。男は床で身もだえしている相棒を見ると憎しみのこもった目をバラードに向けた。

「おまえ——」

バラードは床から一発撃った。それは男の顎の下に当たった。その軌道は脳に向かって上がっていくものだった。男は人形のように力を失って崩れ、床にぶつかるまえに死んだ。

44

取調室は混み合っていた。コーヒーくさい口臭をしているのがおおぜいいて、バラードのまえにいる男たちの少なくともひとりは喫煙者だった。この一年間でマスクをつけていてよかったと思った数少ない機会のひとつだった。バラードは背中を壁に向け、小さなスチール製のテーブルをまえに座っていた。隣には、警察保護連盟の弁護士であるリンダ・ボズウェルがいた。目のまえに座っている三人の男たちはドアに背を向けていた。まるでバラードが出ていくには、どうにかして彼らを通り越していかねばならないかのようだった。そして、肩と肩を並べて座っていることで、彼らは片方の壁から反対側の壁までのスペースを占領していた。彼らを迂回する方法はなかった。まっすぐ突き破らねばならないのだ。

男たちのうちふたりは、警察官による武力行使調査課《FID》の人間だった。同課の責任者であるサンダースン警部が正面中央に座り、左側にはデイヴィッド・デュプリーがいた。デュプリーは痩せており、バラードは彼を喫煙者だとみなした。もしマスクをつけていなかったら、口のなかが黄色い歯だらけなのを目にするだろう、とバラードは思った。

三人めはローニン・クラークで、ノイマイアーが休暇を取っており、リサ・ムーアはロビンスン＝レノルズ警部補と敵対していることから、ミッドナイト・メン特捜班を代表していた。捜査は、ロサンジェルス・タイムズへのリークであの記事が書かれて以来爆発したマスコミの大騒ぎにより、特捜班が組織されることになっていた。通常は対人犯罪課に配属されている三人の刑事も、特捜班に配属となっていた。

テーブルには三種類の異なるデジタル・レコーダーが置かれていて、この聴取を録音する準備を整えていた。バラードはライバーガー警告をサンダースンから与えられていた。この法廷に承認された警告は、シトラス・アヴェニューでの発砲に関する質問に行政的捜査目的でのみ回答することを強制する。もしバラードの行動で刑事訴追がおこなわれねばならなくなっても、この聴取でバラードが発言したことは法廷で彼女に不利な形で用いられることはない。バラードはハンナ・ストーヴァルの家で起こったことと、なにがふたりへの発砲につながったのかをきっちり弁護士に伝えていた。

ボズウェルはいまや脅威を回避しようとしていた。

「最初に言っておきますが、ミズ・バラードは、ＦＩＤからの質問にはいっさい答える気はありません」ボズウェルは言った。「彼女は——」

「彼女は憲法修正第五条で認められた黙秘権を行使するのか？」サンダースンが訊いた。「もしそれをすれば、彼女は職を失うぞ」

「もしあなたが口をはさまなかったら、わたしが言おうとしていたのがそれです。ミズ・バラードは——わたしがバラード刑事と呼んでいないことにお気づきですよね——ロス市警のために働いておらず、それゆえＦＩＤはシトラス・アヴェニューの出来事になんら介入する立場にないのです」

「いったいきみはなんの話をしているんだ？」サンダースンが訊いた。

「シトラス・アヴェニューでの出来事が起こるまえ、本日これに先立って、ミズ・バラードは電子メールで辞表を直属の上司に送りました」ボズウェルは言った。「ロビンスン＝レノルズ警部補に訊いていただければ、その電子メールの内容と、それが送られた時刻を確認できるでしょう。ということは、バラードさんは、シトラス・アヴェニューの家に侵入してきたふたりに対する発砲がおこなわれたとき、もはや警察官ではなかったんです。彼女は民間人であり、ふたりの武装した男が、合法的に滞留を認められていた家に侵入してきたとき、おのれの命を守るために行動したのです」

「それはでたらめだ」サンダースンは言った。

サンダースンはデュプリーを見て、ドアのほうにうなずいた。デュプリーは立ち上がると、部屋を出ていった。ロビンスン＝レノルズをさがしにいった可能性が高かった。バラードはこの聴取のためハリウッド分署の刑事部屋に連れてこられたとき、自分のオフィスにいるロビンスン＝レノルズを目にしていた。

「いえ、いま話したのは事実です、警部」ボズウェルは言った。「ミズ・バラードは、あなたが望むなら彼女の手元にあるその電子メールをお見せできます。一方、彼女はクラーク刑事に、起こったことと必要とされる追跡捜査の指針を進んで話すつもりでいます」

「これはなんらかのトリックであり、われわれはゲームに興じるつもりはない」サンダースンは言った。「彼女が質問に答えるか、あるいはわれわれが検事長に質問を抱えて向かうか、だ」

ボズウェルはあざ笑った。

「もちろん、あなたはそれができる」ボズウェルは言った。「ですが、あなたはなにを持って検事長のところにいくんです？　あの家のオーナーを通じて、彼女がバラードに家のなかにいることを許可したことが簡単に証明できます。彼女は自発的にバラードに家の鍵と車の鍵を渡しました。現場の物証は、侵入があり、バラードが身の安全を脅かされ、ふたりの侵入者に発砲したことをはっきりと示しています。侵入者たちは、まもなくミッドナイト・メンとして知られている連続レイプ犯であったと正式に身元が判明するでしょう。さて、いいですか、どんな理由であれ、あなたは選挙で選ばれた検事長に、家にひとりでいるときにその家に侵入してきたふたりのレイプ犯を殺害した女性を起訴するように頼みにいくんですか？　まあ、わたしに言えるのはせいぜいのところ、幸運を、ですね、警部」

マスクの下で笑みを押し殺そうとしているのがクラークの目を見てわかった。取調室のドアがあき、デュプリーが戻ってきた。ドアを閉めたが、デュプリーは立ったままでいる。サンダースンが見ると、デュプリーはうなずいた。彼はロビンスン＝レノルズへの辞表メールを確認したのだ。

サンダースンは立ち上がった。

「この聴取は終了だ」サンダースンは言った。

サンダースンは自分のレコーダーを掴み、スイッチを切ると、デュプリーにつづいて部屋を出ていった。クラークは動かず、真顔を維持しようとまだ努力しているようだった。

「これであなたしか残っていないわ、クラーク刑事」ボズウェルは言った。

「レネイと話をしたいんだ」クラークは言った。「だが、おれには――」

ドアが勢いよくひらき、クラークの発言を遮った。ロビンスン＝レノルズ警部補が入ってきた。彼はバラードをにらみながら、クラークに話しかけた。

「警告は受けたのか？」ロビンスン＝レノルズは訊いた。

「バラードはライバーガー警告は受けてますが、ミランダ警告はまだです。警部補がおっしゃっていることがそういう意味なら」クラークは言った。「ですが、彼女は進んで話をするでしょうし、われわれがおこなうべき追跡捜査があるという話でし――」

「いや、われわれは話をしない」ロビンスン＝レノルズは言った。「これは終わったんだ。いまのところは。外へ出ろ」

クラークは立ち上がり、レコーダーを摑むと、部屋を出た。

ロビンスン＝レノルズはバラードをにらみつづけた。

「それを切れ」ロビンスン＝レノルズは言った。

バラードは最後のレコーダーに手を伸ばそうとした。

「だめです」ボズウェルが言った。「これは正しい手続きじゃ――」

「切れ」ロビンスン＝レノルズは言った。「それからきみは出ていってかまわない。わたしはバラードに言うことがある。その話はこの部屋の外には出ない」

ボズウェルはバラードのほうを見た。

「あなたが望むなら、わたしはここに留まるわ」ボズウェルは言った。

「大丈夫ですよ、話を聞きます」バラードは言った。

「わたしはすぐ外にいるから」

「ありがとう」

ボズウェルは立ち上がり、部屋を出た。バラードはレコーダーの電源を切った。

「バラード」ロビンスン＝レノルズは言った。「あのふたりのクソ野郎どもを殺すため、こんなことを仕組んだとは信じがたいよ。だが、もしおまえが仕組んだことを突き止めれば、おまえを逃さないからな」

バラードはしばらく相手の視線を捉えたままでいたが、返事をした。

「あなたの見立ては間違いです――タイムズにリークしたのがわたしであるとみなしたのが間違いであるように」バラードは言った。「それからあのふたりのような男たちですが、あいつらは苦しまずに逝ってしまった。あんなふうにあちらに逝かせるより、刑務所で残りの生涯を朽ち果てさせてやりたかったのが本音です」

「まあ、やつらのことはいずれわかる」ロビンスン＝レノルズは言った。「それにタイムズにリークした人間はすでにわかっているんだ」

「だれです？」

ロビンスン＝レノルズは答えなかった。彼はドアをあけっぱなしにして、出ていった。

「あなたと仕事ができたのもよかったよ」バラードは無人の部屋に向かって言った。

レコーダーをポケットに入れ、バラードはひとりで外に出た。ボズウェルが刑事部屋でバラードを待っていた。リサ・ムーアとローニン・クラークが対人犯罪課のポッドで特捜班に配属になったほかの刑事たちといっしょにいるところが見えた。チームはバラードが撃ったふたりの男たちの捜査を扱うために全員、集められていた。もしロビンスン＝レノルズがタイムズへのリーク主としてムーアを暴露しなかったのなら、彼はいまのところその件になにも手を打っていないようだった。

「あの男はわたしが知っておくべきなにかを言った？」ボズウェルが訊いた。

「繰り返す価値のあることはなにも」バラードは言った。「あそこでのみごとな応酬に感謝します。半端じゃなかった」

「わたしは四年間サンダースンとやりあってきたの。あいつの言うことはただの虚仮威しよ。あいつについて、ひとつだけ怖気づきそうになるのは、息がくさいこと。あいつがマスクをつけざるをえなくなって、ほんと助かったわ」

バラードはマスクで隠されてはいたものの笑いを抑えきれなかった。

「じゃあ、彼が喫煙者だったんだ」バラードは言った。「てっきりデュプリーだと思った」

「いいえ、サンダースンよ」ボズウェルは言った。「さて、そこで、悪いニュースを。わたしはもうあなたの代理人をできない。あなたはもう警察官じゃないから」

「そうね。わかった」

「必要なら、外界にいる腕のいい弁護士を紹介できるけど」

「ありがとう」

「必要にはならないでしょうね。あなたの行動に問題点はひとつもないと思うから。あれは正当防衛の定義そのものよ。それから、わたしの弁護士の帽子を一瞬脱ぐと、きょう半端じゃなかったのはあなたのほう、でかしたわ、レネイ」

「計画したようにならなかったんですけどね」

「どこかへ送りましょうか？」

「いえ、待ってくれている人がいると思うので」

「オーケイ。あなたと仕事ができて嬉しかった」

ふたりは拳をぶつけ合い、ボズウェルは正面の出入口に向かった。バラードは性犯罪課のポッドに歩いていった。リサ・ムーアは顔を起こさなかった。バラードは自分が近づいていくのをムーアが目にしていたのは知っていたが。クラークはマスクを外していた。彼は親指と人差し指を使って銃を撃つ真似《まね》をし、銃身に息を吹きかけると、西部劇のガンマンのように武器をホルスターに入れる仕草をした。

「もうあのふたりの身元はわかった？」バラードは訊いた。

「いま調べてる」クラークが言った。「だけど、警部補から命令が出ているんだ。もうあんたと話せないんだ」

バラードはうなずいた。

「ええ、わかるわ」バラードは言った。

バラードはこれが最後になるだろうと思いながら刑事部屋をあとにし、正面の出入口に向かった。必然的に警部補のオフィスのまえを通り過ぎた。ロビンスン＝レノルズが机の向こうに座っていて、マスクを外し、固定電話で話していた。通り過ぎる際、バラードは相手の目を一瞬捉えた。バラードはなにも言わなかった。

ボッシュが分署のまえで待っていた。古いチェロキーの側面に寄りかかっている。

「万事良好？」ボッシュは訊いた。

「いまのところは」バラードは言った。「でも、こいつはまだ終わっていない」

45

水曜日の朝、バラードとボッシュはロサンジェルス国際空港の国際線ターミナルで、カンクンから飛んでくるアエロメヒコ３５９８便の到着を待っていた。ボッシュはスーツ姿で、バラードが印刷した「ギルバート・デニング」という名前の書かれた紙を持っていた。ふたりは手荷物受取所と米国税関の出口の外に立っていた。そこには本業の運転手たちが客待ちをしていた。当該便は三十五分まえに到着していたが、まだデニングの姿は見えなかった。バラードはハンナ・ストーヴァルからもらったデニングの写真を携帯電話に入れていた。だが、マスク着用が義務付けられていることから、写真と顔半分を一致させるのは難しかった。

空港にはほとんど人がいなかった。数少ない観光客が自動ドアからまとまって通り過ぎていった――スーツケースを転がしたり、手荷物カートを押したりしている一群が数分つづいたあと、パッタリと来なくなった。運転手たちや、愛する者を待っている家族は、六つのドアを見つめつづけた。

バラードはどういうわけかデニングを見逃したのではないか、という気がしはじめた。自分たちのまえを通り過ぎていってしまったのか、あるいはシャトルバスで別のターミナルにいってしまったのではないか、と。だが、そのとき、ドジャースの帽子をかぶりサングラスをかけ、肩からバックパックをぶら下げただけの男性が、ボッシュのまえに歩み寄り、彼が持っている名前の書かれた紙を指さした。

「なあ、それはおれだけど、運転手の手配なんかしてないよ。車は駐車場に停めているんだ」

バラードはすぐに近づいて話しかけた。

「デニングさん？　あなたのまえのガールフレンドのことでお話があります」

「なんだって？」

「ハンナ・ストーヴァル。彼女のことであなたと話をしなければならないんです。わたしたちといっしょに来て下さいますか？」

「いや、なにが起こっているのか聞かないうちは、どこにもいかない。ハンナは大丈夫なのか？」

「われわれはあなたを手助けするためここにいます。どうか――」

「いったいなんの話だ？　助けなんか要らない。きみたちは警察か？　バッジを見せてくれ。なんらかのＩＤを見せてくれ」

「われわれは警察ではありません。われわれはこれが警察のところにいかないよう努めているんです。あなたがそういうことを望んではいないとわたしは思ってるんですが、デニングさん」

「なにが警察のところにいかないようにしているんだ？」

「ふたりの男性をハンナの家に送りこみ、彼女を殴りつけ、性的暴行を加えさせることへのあなたの関与の情報がです」

「なんだって？　頭がおかしいんじゃないか。ふたりともおれに近づかないでくれ」

デニングはボッシュの左側に斜めの位置を取るように後ずさった。ボッシュは動いて行く手を遮った。

「これはあんたがこれを解決できる唯一無二のチャンスだ」ボッシュは言った。「このまま立ち去れば、あとは警察の扱いになる。必ずそうなる」

デニングはボッシュの脇を掠《かす》めるように通り過ぎ、ターミナルの出入口に向かった。ボッシュは振り返ってデニングの様子を眺めた。バラードはデニングを追いかけようとしたが、ボッシュが彼女の腕を摑んで止めた。

「待つんだ」ボッシュは言った。

　ふたりはデニングがガラスのドアを通り抜け、駐車場に通じている横断歩道に近づくのを見た。横断できるよう信号が変わるのを待っている人が何人かいた。

「あいつは振り向くぞ」ボッシュは言った。

　案の定、デニングはふたりがまだその場にいることを確かめようと振り向いた。すばやくまえに向き直ると、横断歩道の青信号が灯って車が止まった。人々が駐車場に向かって移動をはじめた。デニングは横断歩道を渡りはじめ、三歩進んで、また振り返った。彼ははっきりとした目的をもって、ドアを通り抜けてターミナルに戻り、バラードとボッシュのところにきた。

「なにが狙いだ？」デニングは訊いた。

「あなたに同行していただきたい」バラードが言った。「そうすれば話をできるから」

「おれは金を持ってない。それにあのゲートの保健担当の人間が、いまから十日間、隔離されることになっていると言ったんだ」

「話をしたあとで好きなだけ隔離されればいいですよ。もしそうしなければ、郡拘置所にあなたのための独房が用意されるのは確実です」

　デニングの顔から血の気が引いていった。彼は折れた。

「わかった、わかった、いこう」

今度は三人そろってターミナルを出た。

駐車場でデニングはバラードのディフェンダーの後部座席に座らされた。十分後、彼らは空港を出て、センチュリー大通りを走っていた。

「どこにいくんだ？」デニングは強い口調で訊ねた。「車は空港に停めている」

「そんなに遠くじゃないです」バラードが言った。「あとで連れていきますよ」

数ブロック進んで、バラードは左に曲がると、マリオット・ホテルの駐車場に入った。

「もうなにも知らないんだ」デニングは言った。「連れ戻してくれ。弁護士と話をしたい」

バラードはホテルのまえの駐車場の駐車スペースに車を停めた。

「戻りたかったら、歩いて戻ればいい」バラードは言った。「ですが、歩きだしたら、すべてが変わってしまいますよ。あなたの仕事、あなたの家、あなたの人生が」

バラードはバックミラーでデニングを見た。

「いずれにせよ、降りる時間です」バラードは言った。

デニングはドアをあけ、車を降り、肩にバックパックをかけた。

ボッシュとバラードは車のなかからデニングを見て、あたかも彼の判断を待っているかのようにふるまった。デニングは両腕を大きく広げた。

「まだここにいるよ」デニングは言った。「どこであろうといくところにいこうじゃないか」

バラードとボッシュは車を降り、ホテルのエントランスに向かって歩きだした。デニングはふたりのあとを追った。

ふたりは六階に部屋を押さえていた。デニングが白状するのにどれくらいかかるかわからなかったが、ボッシュはその部屋に出入口がひとつしかないところが気に入っていた。それだと容易に行く手を遮ることができる。その部屋はエグゼクティブ・スイートと呼ばれており、寝室エリアと小さなシッティングエリアをわける壁があった。シッティングエリアにはカウチとクッション付き椅子、机が各一脚あった。

「カウチに座って」バラードが言った。

デニングは言われたとおりにした。バラードは椅子に座り、ボッシュは机に付属している腰掛けを引き、それをデニングに向き合うように方向を変えたが、同時にデニングがドアに向かう方向も塞ぐようにした。

「六千ドル渡せる――それがおれの貯《た》めている金のすべてだ」デニングが言った。

「で、あなたはその見返りにわれわれになにをお望みですか？」バラードは訊いた。

「わからん」デニングは言った。「なぜおれはここにいるんだ？　もし話をしなければ警察案件になるだろうとあんたは言っただろ。それがなんだか知らないが、警察に巻きこまれたくないんだ」

バラードはデニングが自分の有罪を証明する話をするかどうか確かめるため、待った。だが、デニングは話をするのを止めた。

「金は欲しくありません」バラードは言った。「情報がほしいんです」

「なんの情報だ？」

「おとといの夜にハンナ・ストーヴァルの家でなにがあったのかご存知ですか？」

「ああ、メキシコにいるときオンラインで見た。ふたりの男が家に侵入し、彼女がふたりを撃ち殺した」

バラードはその事実を確認するかのようにうなずいた。デニングがどうして間違った結論に達したのか、理解するのは容易だった。月曜日の夜の出来事のあとで出たニュースではロス市警は、ミッドナイト・メンを殺した女性の名前を公表しなかった。被害者あるいは性的暴行の被害予定者を特定することはしないという方針を市警は明らかにした。バラードが廊下であの瞬間勝たなければ、ミッドナイト・メンの最新の被害者にバラードがなったはずだった。市警は、バラードの氏名と元の所属先が知られた場合に生じるであろう難しい状況と質問を避けるため、彼女の身元を明らかにしなかった。

バラードはデニングの思い込みを訂正する気はなかった。事件の自分との関わり合いがミッドナイト・メンとともに死んだかもしれないとデニングには考えさせておきたかった。

「あなたが彼らに家の間取りと車庫のリモコンの暗証番号を伝えたのは、わかっています」バラードは言った。

「それを証明できないだろ」デニングは言った。

「われわれは証明する必要はないんです」バラードは言った。「われわれは警察ではありません。ですが、われわれは、それが起こったことであると知っており、われわれが必要とする情報と引き換えにわれわれが知っていることを自分たちのなかに留めておくつもりです」

「なんの情報だ？」デニングは言った。「それにあんたらが警官でないのなら、なぜそれを欲しがる？」

「われわれはあなたがミッドナイト・メンと接触した方法を知りたいんです」バラー

ドは言った。「なぜなら、あなたのような人間がほかにもいて、われわれは彼らと接触したいと考えているからです」

「あのな、ミッドナイト・メンというのは彼らが自称した名前じゃないんだ」デニングは言った。「マスコミがそう名づけたんだ。先週、ニュースでこの件が大々的に報道され、おれは彼らに止めさせたかったんだが、手遅れだった。彼らは連絡を絶った。だが、それはおれが証明できることなんだ。おれは止めようとした。それにもしほかの人間がいるとしても、おれは彼らのことを知らないんだ。もういっていいか？」

デニングは立ち上がった。

「だめだ」ボッシュが言った。「座り直せ」

デニングは立ったまま、ボッシュを見ていた。自分の年齢の二倍はいってる男の力を推し量っているようだ。それでも、ボッシュの貫くような視線のなにかが、デニングを怯えさせ、彼は腰を下ろした。

「裏付けるものが必要です」バラードは言った。「あなたが彼らを止めようとするまえに、どうやって彼らと連絡を取ったんですか？」

デニングは過去をやり直すことができればいいと願っているかのように首を振っ

た。

「あいつらはたんなるインターネット上のふたりの男なんだ」デニングは言った。「おれたちは話をはじめ、ひとつのことが別のことにつながっていった。ハンナ、あの女はほんとにおれにひどいことをした……そしておれは……忘れてくれ。クソッ」

「そのふたりの男に、あなたはインターネットのどこで会ったんですか？」バラードは訊いた。

「わからん。おれはうろついていたんだ……たくさんのサイトがある。ネット掲示板が。匿名なんだ、知ってるか？　だから、思っていることをなんでも言えるんだ。そこに書きこむと、だれかが反応し、自分にいろいろ言ってくれる。ほかにいくべき場所を教えてくれる。パスワードをくれる。そんなふうに起こるんだ。さがしてみたらたくさん見つかる。ほら、そこにいるだれもが自分と似ている場所が。女にクソみたいな目に遭わされた連中がいる場所が。そうやってウサギ穴に落ちていく」

「そのウサギ穴……あなたはダーク・ウェブの話をしているの？」

「ああ、まさにそうだ。だれもが、なんでも、匿名なんだ。あいつら、いわゆるミッドナイト・メンは、サイトを持っていて、おれはそのパスワードを手に入れた。そして……こういうことになった」

「どうやってそのダーク・ウェブにアクセスしたんです？」

「簡単さ。まず仮想プライベート・ネットワーク《ＶＰＮ》を手に入れ、そこにＴｏｒブラウザを通じて入る」

バラードはボッシュがたぶんダーク・ウェブのことになるとちんぷんかんぷんだろうとわかっていたが、バラードは事件とＦＢＩ法執行公報を通して、仮想プライベート・ネットワークとＴｏｒのようなダーク・ウェブ・ブラウザの働き方について基本的な知識を持っていた。

「で、具体的にどうやってミッドナイト・メンを見つけたんです？」

「彼らはあるネット掲示板に投稿したんだ、ほら、自分たちはＬＡ地域にいて、あの、いろんなことを……なんというか、仕返しをすることを進んでやる、というような」

デニングは自分のやったことが恥ずかしくて、バラードの目を見ていられなくなり、横を向いた。

「わたしを見て」バラードは言った。「それが彼らの呼びかた？　『仕返しをする』と？」

デニングはバラードのほうに顔を戻したが、視線は下に向けたままだった。

「いや、あいつらは……たぶん、表題は、『ビッチにお仕置きを』だったと思う」デニングは言った。「ああ、それで、おれは……自分の状況に関する投稿をして、そうしたら彼らはサイトとパスワードをおれに教えて、そこから話が進んでいった」

「そのサイトはなんと呼ばれていました？」

「名前はないんだ。多くのものが名前を持っていない。数字だった」

「そのバッグのなかにノートパソコンを入れてます？」

「あー、入れてる」

「われわれに見せて下さい。そのサイトに連れていって下さい」

「えーっと、だめだ、そんなことをするつもりはない。ほんとにひどいものなので、おれは――」

デニングが口をつぐむとボッシュが立ち上がり、カウチに近づいた。バラードはボッシュの物腰のなにかがデニングを怯えさせたのがわかった。ハリーは両手を拳に握っていた。指の関節の傷痕が白くなっている。デニングはカウチの上でのけぞり、ボッシュは手荒くデニングのバックパックを掴むと、それぞれの区画のジッパーをあけ、やがてノートパソコンを見つけた。ボッシュは机に歩み寄り、ノートパソコンを置き、机の腰掛けをそこへ運び戻した。

「そのおぞましいサイトを見せろ」ボッシュは言った。

「わかったよ」デニングは言った。「落ち着いてくれ」

デニングは机に移動し、腰を下ろした。ノートパソコンをひらく。バラードは立ち上がり、デニングの背後にまわって、画面が見られるようにした。そして、デニングがホテルのインターネットにサインインするのを見つめていた。

「一部の場所ではダーク・ウェブをブロックしているんだ」デニングは言った。「Torを使わせないんだよ」

「そのうちわかる」バラードは言った。「つづけて」

ブロックはなかった。デニングは自分のプライベート・ネットワークに入り、Torブラウザを使って、ミッドナイト・メンがまとめたサイトにアクセスできた。デニングが入力した数字は2-0-8-1-1-2で、バラードはそれを記憶した。それから、数字によるパスワードを加え、それもバラードは記憶した。

「その数字の意味はなに?」バラードは訊いた。

「数字には文字が割り当てられているんだ」デニングは言った。「A-1、B-2、などなど。翻訳するとT-H-A-Lになる——彼女にお仕置きを《ティーチ・ハー・ア・レッスン》だ。だけど、あとになるまでそれに気づかなかった」

デニングは、もしその数字が意味するものを知っていたならそのサイトにけっしていこうとはしなかったと言うような口調で言った。そのことを自分に信じこませることには成功していたかもしれないが、ほかの人間がそれを信じるだろうとはバラードは思わなかった。

「それから、パスワードの意味は――」

「Bitch《ビッチ》。ええ、それはすぐにわかった」

そのサイトはホラーショーだった。女性がレイプされ辱められている写真や動画が何十枚、何十本とあった。残虐行為を実行している男たちの顔は見えないが、それがミッドナイト・メンであることは明らかだった。なぜならその行動は、バラードの知っている事件の被害者の報告に合致していたからだ。だが、そのサイトには三人以上の被害者がいた。どうやら結びつけられることがなかった事件や、報告しなかった被害者がいるのだ。おそらくは襲撃者を、あるいは自分たちが巻きこまれるであろうシステムを怖れるあまり。

デジタル・ファイルそれぞれには名前が付けられていた。バラードはシンディ1と名づけられたファイルを見つけ、デニングにそれをあけるように伝えた。バラードは、テープで目かくしされているが、シンディ・カーペンターだとすぐに認識した。

襲撃者が撮影した恐怖の静止画だった。

「わかった、もう十分」バラードは言った。

デニングがゆっくりと画面を消そうとすると、ボッシュが手を伸ばし、ノートパソコンを叩き閉めた。デニングはギリギリで指を挟まれずに済んだ。

「なんてことをするんだ！」デニングは叫んだ。

「カウチに戻れ」ボッシュは命令した。

デニングはトラブルは御免だと言うかのように両手を上げて、従った。

バラードは少しのあいだ気持ちを落ち着かせなければならなかった。この部屋から、この男から遠ざかりたかったが、なんとか最後の質問のいくつかを口にした。

「彼らはなにを欲したの？」バラードは訊いた。

「どういう意味だい？」デニングは訊き返した。

「彼らはこれをするのに金を要求したの？　あなたは彼らにお金を払ったの？」

「いや、あいつらはなにも要求しなかった。ああいうことをするのが好きなんだろう。ほら、あいつらすべての女性を憎んでいた。そういう人間はいるんだ」

デニングは自分は彼らとは違うことを伝えようと意図した形でそう言った。彼はふたりのレイプ犯をひとりの女性にけしかける程度に女性を憎んでいた。だが、彼は彼らのようにすべての女性を憎んでいるわけではなかった。

それにバラードはいっそう嫌悪感を覚えた。いかなくてはならない。バラードはボッシュを見て、うなずいた。ふたりとも知るべきことをすべて知った。

「さあいこう」ボッシュは言った。

ボッシュとバラードは立ち上がった。デニングはカウチからふたりを見上げた。

「それだけかい？」デニングは訊いた。

「それだけよ」バラードは言った。

ボッシュはノートパソコンを机から手に取り、放った。デニングのほうにではなく、デニング目がけてといったほうが近かった。

「大事に扱ってくれ」デニングは抗議した。

デニングはノートパソコンをバックパックのクッション付き区画に滑りこませると、立ち上がった。

「おれの車のところまでいってくれるんだろ？」

「足があるでしょ」バラードは言った。「もうあなたのそばにいたくないの」

「ちょっと待ってくれ、言ったじゃないか――」

ボッシュは踏みこみ、デニングの腹に年齢に似合わぬ力でパンチを叩きこんだ。デニングはバックパックを床に落とし、硬い音を立てさせると、カウチに倒れこみ、空気を求めてあえいだ。

バラードはドアに向かい、ボッシュはデニングが立ち上がるかどうか確かめようと一瞬遅れた。だが、しばらくは立ち上がれそうにないのが明らかになった。

ボッシュはバラードを追って部屋を出て、廊下に入った。エレベーターにたどりつく途中で追いついた。

「最後の部分は脚本にはなかった」バラードが言った。

「ああ」ボッシュは言った。「そこはすまなかった」

「謝らなくていい」バラードは言った。「あれについては、まったく残念だとは思っていないから」

46

ボッシュはバラードに頼まれて運転をした。バラードは自分の考えがどんどん暗いものになっており、そこから気をそらすものをなにもやりたくなかった。ボッシュはバラードに彼女のミニレコーダーを返した。ボッシュは上着の胸ポケットにそれを入れていたのだ。バラードが録音の音声を確認したところ、良好だった。彼らはデニングの発言を録音していた。バラードはそれから新しい録音を開始し、デニングから提供されたサイトとパスワードの数字をそれに吹きこんだ。それから助手席のドアにもたれ、デニングのパソコンで見たものについて考えた。しばらくして、バラードは、携帯電話を取りだした。この日の朝、バラードは〈ドッグ・ハウス〉にピントを預けてきた。プレイルームのカメラを呼びだし、ピントがベンチの下のなじみの場所にいるのを見た。警戒しながら、ほかの犬を見つめている。バラードは携帯電話をしまい、暗い考えに立ち向かう覚悟を固めた。

「で……」ようやくボッシュが口をひらいた。「なにを考えているんだい？」

「わたしたちがどうしようもなく壊れた世界の最前列にいるってことを」バラードは言った。

「底なしの深淵《しんえん》だ。だけど、そこに呑みこまれてはならないぞ、パートナー。最前列にいるということは、それに対してなにか試せるということだ」

「バッジがなくとも？」

「バッジがなくともだ」

車はフリーウェイ405号線を北に向かっており、10号線とのインターチェンジが近づいていた。ボッシュはステアリングホイールから左手を離し、手首を回転させた。

「どうしたの？」バラードが訊いた。

「あのパンチが悪い角度で当たった」ボッシュは言った。

「まあ」バラードは言った。「あなたがあの男をフーディーニしたのならいいんだけど」

なにかでフーディーニが腹を殴られて死んだことを読んだ覚えがバラードにはあった。

　ボッシュは手をステアリングホイールに戻した。

「これを使って、なにをする気だ？」ボッシュは訊いた。

「ＦＢＩが最善策だとまだ思ってる」バラードは言った。「彼らはあらゆる暗号化とマスキングに対処するスキルを持っている。ロス市警よりはるかにまし」

「おれはダーク・ウェブがらみのものは、まったくよくわからん」ボッシュは言った。「正直言って、どうやって動いているのかもわからない」

　バラードは笑みを浮かべ、ボッシュのほうを見た。

「あなたは知る必要がないわ」バラードは言った。「その方面にはわたしがいる」

　ボッシュはうなずいた。

「じゃあ、あれは簡単に言うとどういうことなんだ？」ボッシュは訊いた。

「ダーク・ウェブでは、なにもインデックス化されていないの」バラードは説明をはじめた。「グーグルとかそんなものはない。目的地を知っておく必要があるとでも言おうか。そこから、ひとつのものが別のものにつながる。それがデニングに起こったことなの。彼は同じ精神の持ち主を発見した。完璧に歪んでいる連中を。それが最終的に彼をミッドナイト・メンにつなげた」

「オーケイ」

「問題は、ダーク・ウェブは匿名性を提供すること。彼はVPNを持っていると言ってたでしょ。それは仮想プライベート・ネットワークのことで、それがウェブサイトをうろつきまわっている際に彼のコンピュータIDをマスキングするの。そして、彼はブラウザとしてTorも使っている。それはダーク・ウェブのドット・コムみたいなもので、彼の動きを暗号化し、世界中に飛び跳ねさせ、追跡をいっそう困難にさせる。だから、彼はダーク・ウェブでは匿名の存在であり、追跡不可能なの。建前としては」

「建前としては？」

「FBIはNSAやアルファベットで表示されるあらゆる連邦政府機関と手を組んでいる。彼らはこの件に関しては最先端の存在。彼らは一般市民がなにも知らないことをやっている。だから、わたしは彼らのところにいこうと言ってるの。彼らにあのおぞましいものが置かれているサイトと、アクセスするためのパスワードを渡すの。それが彼らが必要としているすべてのもの。彼らはそこからはじめる。彼らは三人の既知の被害者の身元をそこで割りだせるでしょう。わたしたちが見た最後のものは、わたしの事件の被害者、シンディ・カーペンターのそれだった。それから彼女の別れた夫と話したときすぐになんか怪しいと感じた。あの男はこの件で刑務所送りになるでしょう。ＦＢＩはデニングを絞りあげ、証人にしたてるでしょうけど、デニングは無罪で済みはしないわ。わたしが確実に罪を償わせる。ＦＢＩが彼を釈放するなら、その手の話を好むロサンジェルス・タイムズの記者の名前を知ってる」

ボッシュはうなずいた。

「関係者全員、刑務所送りにならなければならん」ボッシュは言った。

「そうなるでしょう」バラードは言った。「ＦＢＩは黙るでしょうけど、鉄槌《てっつい》がいっせいに全員の上に落ちる。クソ野郎どもに大きな報いがもたらされる。もしそんなふうにならないなら、わたしたちが大っぴらにし、それがなんらかの行動を起こさせるでしょう」

ボッシュはふたたびうなずいた。

「いつＦＢＩにいったらいい？」ボッシュは訊いた。

「いますぐでどう？」バラードは言った。

ボッシュはウインカーを出し、東向き10号線につながる付加車線に向けて、車の流れを縫っていきはじめた。ふたりはダウンタウンを目指して進んだ。

エピローグ

バラードがピントといっしょにフィンリー・アヴェニューを散歩していると、自宅マンションの正面に黒いSUVが二重駐車しているのを見た。バラードはトランカス・ポイントでのサーフィンに出かけるまえにピントが用を済ましておけるように、飼い犬とドライブまえの散歩をしていた。そこまでたどりつくのに一時間以上かかる。サーフィン・レポートでは、西向きのうねりがあり、北から風が吹いて、トランカス・ポイントは完璧な条件だという。バラードは、パンデミックのまえからポイントに入っておらず、あそこの海原に立ち、何本か波に乗るのを期待していた。ひとりで出かけるつもりでいた。犬だけを供にして。ギャレット・シングルは勤務当番に当たっていた。

近づいていくとSUVがアイドリングをしているのが聞こえ、ナンバー・プレートから、それが市の公用車であり、空港への送迎を待っているリムジン・サービスの車ではないのがわかった。スーツ姿の大柄の男が助手席側のドアのそばに立ち、乗客の戻りを待っていた。バラードはワイヤレス・イヤフォンを抜き、携帯電話の音楽を切った。マーヴィン・ゲイが、《ホワッツ・ゴーイン・オン》を歌っていた。セキュリティ・ゲートにたどりつくと、白髪で全身警察の制服姿の男がいるのが目に入った。襟には四つの星が付いている。市警本部長だった。犬の首輪がチャラチャラ鳴るのを耳にして、市警本部長は振り返り、バラードが近づいてくるのを見た。

「バラード刑事かね？」市警本部長は訊いた。

「あの、ただのバラードです」バラードは言った。「もう刑事じゃありません」

「それが、きみと話したいことなんだ。以前に会ったことはあるかね？」

「いえ、個人的にはありません。ですが、あなたがだれなのか知ってますよ、チーフ」

「個人的に話ができる場所はあるだろうか？」

「ここではだれも聞いていないと思います」

言いたいことは明確だった。バラードは本部長を部屋に招きたくなかった。

「では、ここで十分だ」本部長は言った。

「なんのご用でしょう？」バラードは言った。

「そうだな、最近、新聞の見出しを飾ったいくつかの事件に関するきみの働きをわたしは評価している。きみの手柄にはなっていない働きだ、とあえて言おう。きみがバッジを返却するまえとあとでの出来事だ」

「で？」

市警本部長はポケットに手を入れ、一枚のバッジを取りだした。バラードはその番号に見覚えがあった。それは二週間まえまでバラードがつけていたバッジだった。

「きみにこれを取り戻してもらいたい」彼は言った。

「わたしに戻ってもらいたいということですか？」バラードは訊いた。

「そうだ。市警は変わらねばならない。そのためには、内部から変えねばならない。もし変革を起こせる優れた人間が辞めていくことを選ぶとしたら、われわれはどうやってそれを達成できるだろう？」

「市警がわたしのような人間を欲しているとは思いません。それに市警が変わりたいと願っているとも思いません」

「市警がなにを願っているかは関係ないのだ、バラード刑事。組織が変わらないなら、その組織は死ぬ。そして、だからこそきみに戻ってもらいたい。変革をもたらすのにきみの助けが必要なのだ」

「わたしの任務はどうなります？」

「なんでもきみの望むものにしよう」

バラードはうなずいた。バラードはボッシュのことを考え、組織はなかから変えるほうが簡単と彼が言っていたことを考えた。往来で百万人の人が抗議しても十分ではない。そしてバラードは、ボッシュと計画していたパートナー関係について考えた。

「考えさせていただいていいですか、チーフ？」バラードは言った。

「いいとも、考えてくれ」市警本部長は言った。「ただ、あまり時間をかけないでもらいたい。われわれにはやらねばならない仕事がたくさんあるのだ」

本部長はバッジを掲げ持った。

「きみから連絡があるまでわたしがこれを持っていよう」本部長は言った。

「イエッサー」バラードは言った。

市警本部長は車に戻っていき、運転手がドアをあけささえた。黒いＳＵＶはフィンリー・アヴェニューを走り去り、バラードはそのうしろを眺めた。

それからバラードはサーフィンに出かけた。

謝辞

本書を執筆するにあたり、計り知れない方法で著者に協力していただいた、編集者や校正者、アドバイザー、調査係のオールスターを揃えたチーム・バラード＆ボッシュに心から感謝する。チームの顔ぶれは、アーシア・マクニック、ビル・メッシー、イマッド・アクタール、パメラ・マーシャル、ベッツィ・ウーリグ、ジェーン・デイヴィス、ヘザー・リッツォ、デニス・ヴォイチェホフスキー、ヘンリク・バスティン、ジョン・ホートン、テリル・リー・ランクフォード、リンダ・コナリーの面々。わが円卓の刑事の顔ぶれは、バラードの着想を与えて下さったミッチ・ロバーツに加え、リック・ジャクスン、デイヴィッド・ラムキン、そしてすべての刑事たちの着想を与えて下さったティム・マーシャ。著者にご協力いただいたみなさんに深甚なる感謝を捧《ささ》げる。

訳者あとがき

古沢嘉通

本書は、マイクル・コナリーが著した三十六冊めの長篇 The Dark Hours（2021）の全訳である。レネイ・バラード&ハリー・ボッシュ・コンビの第三弾。

コロナ禍の二〇二〇年大晦日《おおみそか》から二〇二一年一月半ばまでの騒然たるロサンジェルスで起こった二件の事件（一件は元ギャングの殺害事件、もう一件は二人組男性による連続レイプ事件）に対応するふたりの姿を描いたもので、バラード&ボッシュ物の特徴である、複数の事件を追って、次から次へ事態が動いていくという迫力溢れるものである一方、コロナ禍の米国の状況、ボッシュとバラードの私生活の変化など、サブの読みどころもたっぷり。

本書の序盤をもう少し詳しく紹介しよう――

二〇二〇年十二月三十一日深夜、バラードは、大晦日恒例のロス市警署員総動員での警戒体制の一環として、ハリウッド分署管轄地域を警邏《けいら》していた。この頃、〝ミッドナイト・メン〟とバラードが非公式に名づけた二人組のレイプ犯が独り暮らしの女性を自宅で暴行する事件が二件連続で発生しており、その警戒にも当たっていたのだ。

そんなおり、発砲事件が発生し、刑事の出動要請が入る。ガウアー・ストリートとサンセット大通りの交差点近くのガウアー・ガルチと呼ばれる地区にある自動車修理店の敷地で、新年を祝うパーティーがおこなわれており、参加者の一部が新年とともに銃を空に向かって撃ったのとタイミングを合わせて、修理店のオーナーであるハビエル・ラファが後頭部を銃弾で貫かれて死んだのだった。被害者の後頭部に付いた火薬から、至近距離からの射撃であり、殺人だとバラードは判断する。ラファは、元ギャングだった。ラファ殺害に使用されたと思われる薬莢《やっきょう》を調べたところ、十年ほどまえにも別の殺人事件で使用された銃から発射されたものであることがわかる。ロス市警本部の強盗殺人課が担当した事件であり、捜査責任者として資料に記された名前は、ハリー・ボッシュだった――

というわけで、バラードはまたしても殺人事件がらみでボッシュと関わることになり、その一方、三件目のミッドナイト・メンによる暴行事件が発生し、両方の事件を追いかけるバラードの「睡眠不足必至の捜査」がはじまる。

書評をいくつか紹介しよう――

「レネイ・バラードとハリー・ボッシュがタッグを組む三作目は、バラードがクライム・フィクションのなかで、もっとも興味深く、もっとも複雑な登場人物のひとりに進化したことと、コナリーがポスト・ジョージ・フロイド時代における警察活動を冷徹に見つめていることから、これまでで最高の作品になっている」

――ブックリスト星付きレビュー

「マイクル・コナリーは何度も何度も、ロス市警という機構の内部を鋭く観察する一方、機構内部の人間の心を前面に押しだすことで、驚かせてくれる。本書もその好例だ」

――アマゾン・エディターズ・セレクション、十一月のトップテン本

「この三十年間にわたり、マイクル・コナリーのように読者の心をつかんで離さなか

った作家は、ほとんどいない。本書は、私たちがオールタイム・ベスト作家のひとり──当分衰えそうな兆候を一切見せていない──を目撃していることを改めて思い出させる」

──リアルブックスパイ

「ずばぬけている……コナリーはもっとも一貫している優れた現役ミステリー作家であるとかつて言ったが、本書は、それを裏付けるあらたな一冊である」

──オライン・コグディル、サン゠センティネル紙
二〇二一年のベスト・ミステリー・ブック

「市民を守り、仕えるのではなく、みずからのイメージを守り、仕えることを目的にしている場合が多すぎるとバラードが考えている、警察の内部とそのまわりで捜査にあたるバラードとボッシュのコンビネーションの見事さ」

──リチャード・リペス、ワシントン・ポスト紙
十一月のベスト・サスペンス＆ミステリー

「本書では、バラードとボッシュがますますよくなっている……コナリーは捜査を描き、強烈なサスペンスを作りだすことにおいて業界最高のひとりだが、バラードとボッシュの関係――おなじ困難だが重要な仕事に専心するふたつの優秀な頭脳から育まれる仕事上の友情――が、そこに加えられた特典である」

――コレット・バンクロフト、タンパベイ・タイムズ紙

「本書は、コナリー作品のなかでもトップ・スリーに入る。二十九年経った今でも、彼の速球は健在だ。アメージングだ。この本を予約すべし！」

――ショーン・キャメロン、ザ・クルー・レビューズ

「本書は、絶好調の作家によるあらたな極上のサスペンスであり、ボッシュの本とタイタス・ウェリバーが主役のボッシュを演じるTVドラマの何百万人ものファンを喜ばせるだろう」

――サンデー・エクスプレス紙（英国）

コナリーの著作は、基本的に現実のタイムラインに沿っており、折々の米国社会の

実情を反映しているのだが、本書では、ロス市警の警官であることに限界を感じつつあるバラードの姿を通して、いまの米国のリアリティが読む側にひしひしと伝わってくる。

一例をあげれば、紹介した書評のなかで、「ポスト・ジョージ・フロイド時代」という文言があり、本書のなかでもフロイド事件に言及されているが、二〇二〇年五月にミネソタ州ミネアポリスで起きた白人警察官による黒人男性ジョージ・フロイド殺害（フロイドを逮捕する際に、警官がフロイドの首を膝で九分間ほど圧迫して死に至らしめた）がきっかけになって全米各地で抗議デモが起こり、警察官の過剰な暴力行使に対して警察への強い不信感や嫌悪感を市民が抱くようになった一方、警察側も批判に対し事なかれ主義に陥った――その様子がいくつものエピソードを通じて本書では描かれている。まさに死に体《たい》にあるロス市警の実情がじつに印象的である。

なお、本書は、惜しくも受賞にはいたらなかったが、久々にミステリ関係の賞（二〇二二年度マカヴィティ賞最優秀長篇部門）の最終候補にノミネートされた。

最後に次回作 Desert Star の紹介を、といつものように書きたいところだが、次作は、本書の直接の続篇である。つまり、バラード&ボッシュ物の第四弾なのだが、内容についてはここではあえて触れないことにする。このあとがき執筆時点で本国では、まだ刊行されていない（二〇二二年十一月に刊行予定）が、事前に入手した発売前見本刷り《プルーフ》を読み終わったところ、その衝撃的な内容に、しばし茫然とした訳者の思いをぜひともコナリー・ファンのみなさんにも共有していただきたいため、なるべく情報は出さずにおきたい。二〇二三年前半には訳書が出るよう目下鋭意翻訳中であり、いましばらく、お待ちいただきたい。

二〇二二年十月

マイクル・コナリー長篇リスト（近年の邦訳と未訳分のみ）

The Late Show（2017）『レイトショー』（上下） RB
Two Kinds of Truth（2017）『汚名』（上下） HB MH
Dark Sacred Night（2018）『素晴らしき世界』（上下） RB HB
The Night Fire（2019）『鬼火』（上下） RB HB MH
Fair Warning（2020）『警告』（上下） JM RW
The Law of Innocence（2020）『潔白の法則 リンカーン弁護士』（上下） MH HB
The Dark Hours（2021） 本書 RB HB
Desert Star（2022） RB HB（講談社文庫近刊）

邦訳書は、いずれも古沢嘉通訳、講談社文庫刊（電子版あり）。

＊主要登場人物略号 HB：ハリー・ボッシュ MH：ミッキー・ハラー RW：レイチェル・ウォリング RB：レネイ・バラード JM：ジャック・マカヴォイ

|著者| マイクル・コナリー　1956年、フィラデルフィア生まれ。フロリダ大学を卒業し、新聞社でジャーナリストとして働く。共同執筆した記事がピュリッツァー賞の最終選考まで残り、ロサンジェルス・タイムズ紙に引き抜かれる。1992年に作家デビューを果たし、2003年から2004年にはアメリカ探偵作家クラブ（MWA）の会長を務めた。現在は小説の他にテレビ脚本なども手がける。著書はデビュー作から続くハリー・ボッシュ・シリーズの他、リンカーン弁護士シリーズ、記者が主人公の『警告』、本作と同じ深夜勤務刑事レネイ・バラードが活躍する『レイトショー』『素晴らしき世界』『鬼火』などがある。

|訳者| 古沢嘉通　1958年、北海道生まれ。大阪外国語大学デンマーク語科卒業。コナリー邦訳作品の大半を翻訳しているほか、プリースト『双生児』『夢幻諸島から』『隣接界』、リュウ『宇宙の春』『Arc アーク』（以上、早川書房）など翻訳書多数。

ダーク・アワーズ(下)

マイクル・コナリー｜古沢嘉通《ふるさわよしみち》 訳

講談社文庫

定価はカバーに
表示してあります

2022年12月15日第1刷発行

発行者──鈴木章一
発行所──株式会社　講談社
東京都文京区音羽2-12-21　〒112-8001
電話　出版（03）5395-3510
　　　販売（03）5395-5817
　　　業務（03）5395-3615

Printed in Japan

KODANSHA

デザイン─菊地信義
本文データ制作─講談社デジタル製作
印刷───大日本印刷株式会社
製本───大日本印刷株式会社

ISBN978-4-06-530226-2

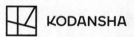

講談社文庫刊行の辞

二十一世紀の到来を目睫に望みながら、われわれはいま、人類史上かつて例を見ない巨大な転換期をむかえようとしている。

世界も、日本も、激動の予兆に対する期待とおののきを内に蔵して、未知の時代に歩み入ろうとしている。このときにあたり、創業の人野間清治の「ナショナル・エデュケイター」への志を現代に甦らせようと意図して、われわれはここに古今の文芸作品はいうまでもなく、ひろく人文・社会・自然の諸科学から東西の名著を網羅する、新しい綜合文庫の発刊を決意した。

激動の転換期はまた断絶の時代である。われわれは戦後二十五年間の出版文化のありかたへの深い反省をこめて、この断絶の時代にあえて人間的な持続を求めようとする。いたずらに浮薄な商業主義のあだ花を追い求めることなく、長期にわたって良書に生命をあたえようとつとめるところにしか、今後の出版文化の真の繁栄はあり得ないと信じるからである。

同時にわれわれはこの綜合文庫の刊行を通じて、人文・社会・自然の諸科学が、結局人間の学にほかならないことを立証しようと願っている。かつて知識とは、「汝自身を知る」ことにつきていた。現代社会の瑣末な情報の氾濫のなかから、力強い知識の源泉を掘り起し、技術文明のただなかに、生きた人間の姿を復活させること。それこそわれわれの切なる希求である。

われわれは権威に盲従せず、俗流に媚びることなく、渾然一体となって日本の「草の根」をかたちづくる若く新しい世代の人々に、心をこめてこの新しい綜合文庫をおくり届けたい。それは知識の泉であるとともに感受性のふるさとであり、もっとも有機的に組織され、社会に開かれた万人のための大学をめざしている。大方の支援と協力を衷心より切望してやまない。

一九七一年七月

野間省一